JC

Le Sans Maître

Du même auteur

Aux Éditions Héloïse d'Ormesson

Le Sans Dieu, 2017. Pocket, 2018.

Virginie Caillé-Bastide

Le Sans Maître

Éditions Héloïse d'Ormesson

Roman

www.editions-heloisedormesson.com

ISBN 978-2-35087-725-9

À Sylvie,
son allure à cheval,
sa poétique et l'acuité de son regard
sur ces lignes.

Ce qui est écrit est figé, sans vie, incapable
de se défendre ou de s'adapter.

Platon

Rares sont ceux qui savent que les épreuves de la vie
sont les étapes d'un parcours initiatique. Mais le sachant,
plus rares encore sont ceux qui savent en tirer parti.

Marguerite Yourcenar

1720
Nord de la Bretagne

APRÈS AVOIR RÉFRÉNÉ les ardeurs de son cheval à travers la forêt qui bordait son domaine, évitant savamment les pièges végétaux composés de branches basses, racines traîtresses, plaques de mousse et flaques invisibles, il était parvenu sans trop d'encombres jusqu'à la lisière de l'immense plage. Là, il avait relevé les rênes de sa fougueuse monture afin qu'elle marquât un arrêt au sommet de la dune. Car en cette heure si particulière où la nuit mourante cédait humblement la place à l'aube naissante, il se sentait libre comme jamais. Le fort coefficient de marée avait laissé la grève orpheline de vagues, du moindre mouvement de ressac, et la mer s'était retirée si loin qu'elle semblait avoir disparu d'un horizon que l'on ne devinait encore point. Il inspira l'air iodé à pleins poumons et, d'une simple pression de ses puissantes jambes sur les flancs de son cheval, le mit au galop. Bucéphale n'attendait que cela. À folle allure, il piqua vers un groupe de goélands qui prirent leur envol dans une cacophonie de cris stridents. Côme de Plancoët avait tant relâché la bride qu'il laissa son jeune étalon entrer dans les flots, se laissant joyeusement asperger d'écume et de sel. Il goûtait ce moment parfait où homme, animal et nature se confondaient, semblant retrouver un instant l'harmonie suprême qui, d'après les théories qu'il embrassait, devait régner sur le monde, en dépit des désordres que les velléités guerrières des hommes ne cessaient de lui infliger. Le temps s'étirait, mais seul l'espace comptait, propice aux plus douces rêveries, et aussi parfois aux plus sombres interrogations. Reprenant soudain les rênes, il intima à sa monture de prendre le chemin du retour vers la seigneurie dont il était le maître.

Dès qu'il pénétra dans la cour de son castel, un jeune garçon à la mine revêche, mais aux yeux doux, se précipita et saisit la bride. Le cavalier sauta prestement à terre, flatta l'encolure de sa monture, ôta ses gants et ordonna à son valet :

– Rince-le bien à l'eau claire, Nicolas, de la crinière jusques aux sabots, et conduis-le à sa pâture, il l'a bien méritée !

À grandes enjambées, Côme de Plancoët entra dans sa demeure et, traversant plusieurs salles, gagna directement les cuisines d'où s'échappait un délicieux fumet. Aidée d'une fille de ferme, sa grasse et bougonneuse cuisinière s'affairait.

– Eh bien, ma bonne Thérèse, qu'as-tu préparé de bon ce jourd'hui ? Laisse-moi y goûter, car je me meurs de faim !

En dépit des vives protestations de la gouvernante qui arguait que le plat devait encore mijoter, il saisit un couteau, souleva le couvercle de la marmite et extirpa un morceau de viande qu'il porta à sa bouche en fermant les yeux :

– Du jarret de porc au chou, parfumé de romarin et agrémenté d'ail rose. Une pure merveille ! Et je t'en rends hommage !

Joignant le geste à la parole, il donna forte claque sur l'imposant postérieur de l'intéressée, laquelle, courroucée, se mit à brailler :

– Seigneur Côme, vous vous conduisez pis que l'dernier des manants ! N'avez-vous pas honte ?

Riant à gorge déployée, il répondit :

– Pas le moins du monde, mais je vais fuir ces lieux dont tu sembles vouloir me chasser. Demande-donc à la petite Marion de m'apporter en mon antre un broc de lait frais, de grandes tartines de pain bis et du beurre salé.

Ce que le seigneur de Plancoët appelait son « antre » était une bibliothèque aux dimensions et à l'architecture extravagantes qui occupait la plus belle pièce de son château. À ses yeux, elle incarnait la véritable richesse. Génération après génération, ses ancêtres avaient déniché, acheté, restauré et collectionné pléthore de livres rares, d'une valeur inestimable, et dont certains remontaient aux temps les plus reculés. Grimoires, parchemins, ouvrages anciens écrits en araméen, en hébreu, en grec et en latin, mais aussi, pour les plus récents, en anglois, saxon et florentin. Cette dernière langue, et surtout le passé glorieux et artistique de ce peuple, avaient tant séduit Guillaume, son défunt père, qu'il avait décidé de prénommer son premier mâle Côme, en hommage aux Médicis, dont l'histoire flamboyante, vénéneuse et tragique le fascinait. Et c'est ainsi que, le 1er août 1688, Côme Laurent Octave Marie de Plancoët naquit aux alentours de la minuit, au cours d'un accouchement interminable et douloureux, où la parturiente perdit beaucoup de sang. Elle était dans un tel étiolement qu'elle n'avait qu'entrevu le nouveau-né, insolent de santé et fort bien membré, que la sage-femme lui avait présenté. Aux premières heures de l'aube, elle respirait de plus en plus faiblement, sentant à peine la main de son époux qui ne lâchait pas la sienne. Elle expira au début de la matinée, laissant derrière elle un orphelin de quelques heures et un veuf éploré.

La jeune Marion apporta à son maître le repas du matin. Mal à l'aise, tant la dimension et la hauteur des lieux l'intimidaient, elle posa son lourd plateau sur un petit guéridon attenant à la grande table sur laquelle Côme lisait, étudiait et répondait à la fourmillante correspondance qu'il entretenait avec plusieurs éminences des pays de la chrétienté. Il n'avait ni entendu ni remarqué sa présence, alors elle toussota. L'intéressé sursauta, puis, apercevant le plateau si appétissant, la remercia brièvement. Comme elle ne partait pas, il leva un sourcil vers elle :

– Qu'y a-t-il ? As-tu quelque chose à me dire ?

– Un cavalier, seigneur, y vient d'apporter un paquet important pour vous, qu'il a dit !

S'inclinant, elle lui tendit une épaisse peau de cuir. Étonné, il interrogea :

– A-t-il précisé la provenance de cet envoi ? Non ? Alors, conduis-le ici sans plus attendre.

La petite semblait prise en faute et se tordait les mains.

– Dame, mais c'est qu'il est déjà r'parti et sans d'mander son reste !

Côme soupira et, d'un geste las, lui donna congé. Piqué par la curiosité, il négligea son déjeuner et défit le pâle ruban qui scellait le maroquin armorié. Il contenait plusieurs feuillets. L'écriture était serrée, mais ne manquait pas d'allure. Un érudit, à n'en pas douter. De plus en plus intrigué, il entama sa lecture.

Seigneurie de Kerloguen,
Plouharnel, le 18 mai de l'an de grâce 1720.

Messire Côme de Plancoët, mon cousin,

Je me nomme Lancelot de Kerloguen, mais nous n'avons jamais eu l'heur de nous rencontrer. Nonobstant, nous sommes parents, si j'en crois maître Falot, à qui j'ai récemment dicté mes dernières volontés. Nous avons un aïeul commun, voire plusieurs, bien que ma lignée soit bien plus modeste que la vôtre. Mais avant que de poursuivre, il me faut vous donner quelques explications quant à l'objet de cette missive.

Mon frère Arzhur, l'aîné de notre fratrie, avait à ce titre hérité de notre modeste seigneurie de Kerloguen. Il avait mariage contracté avec dame Gwenola, et de cette union étaient nés sept enfants. Mais comme s'ils avaient été sous le joug d'une malédiction, six moururent les uns après les autres et, en l'an 1709 de tragique mémoire, il ne leur restait qu'un seul fils de six ans, Jehan.

Comme vous en avez souvenance, cette année fut marquée par un froid extrême et la famine effroyable qui s'ensuivit. De faible constitution, Jehan n'y survécut. Dame Gwenola perdit la raison et mon frère la foi, tant en Dieu qu'en les gens d'Église qui la servent, ou sont censés le faire, j'en sais quelque chose.

Peut-être avez-vous entendu parler du saccage et de la profanation de l'église de Plouharnel cette même maudite année ? Arzhur en fut l'auteur et ne fit rien pour le cacher.

Horrifiés par la nature satanique d'un tel acte, le clergé et les habitants du bourg le vouèrent à la damnation éternelle, et tous le recherchèrent pour le pendre ou, pire encore, lui intenter un simulacre de procès en hérésie avant que de le brûler vif.

Mais Arzhur avait déjà prévu de s'enfuir. Non pour échapper par couardise à son châtiment, mais pour dénier et défier une justice qu'il ne reconnaissait plus, qu'elle fût terrestre ou céleste. En vérité, il avait décidé de rejoindre un océan de colère, jusques aux confins de la terre. Mais tout cela, hélas! je ne l'ai su que bien plus tard.

Le jour qui suivit le décès du pauvre petit, il vint me voir en mon prieuré où j'officiais, puisque, en tant que frère cadet, j'avais, à mon corps défendant, dû endosser l'habit sacerdotal. Avec sobriété, il m'apprit la tragique nouvelle et les décisions qu'il avait prises conséquemment. Il partait, renonçait à son droit d'aînesse, à tous ses titres afférents, et me donnait en outre la propriété de tous ses biens. Il me confiait ainsi la charge de veiller sur les gens de la seigneurie, bien qu'elle ne comptât plus que quelques fidèles serviteurs, au premier rang desquels Barbe, sa nourrice et vieille cuisinière, et Maël le Boiteux, le maréchal-ferrant. C'est par ce dernier qu'il y a quelques semaines, j'ai eu vent de la cruelle et sanglante destinée de mon frère. Comment le vieux Maël était-il au fait de ce que moi-même j'ignorais? Il le tenait de la bouche même de Morvan. Dont il me faut à présent vous parler.

Morvan était le petit bâtard de Kerloguen. Recueilli par Barbe, nourri et élevé par ses soins, il était vacher de son état, mais participait aussi de bonne grâce à d'innombrables tâches. Il vénérait le seigneur Arzhur qui avait permis qu'il restât en ses lieux, lors que tant d'autres l'eussent chassé de leurs terres.

Quand mon frère partit, il disparut à sa suite. Sept longues années s'écoulèrent sans que nul ne sût ce qu'il était advenu d'eux. Puis, un soir d'automne, Morvan fut de retour et s'en vint trouver le Boiteux. Il lui narra qu'il avait suivi le seigneur Arzhur jusqu'aux ports de l'Orient et qu'après bien des tribulations, ils s'étaient embarqués à bord d'un navire en partance pour les Antilles. Au travers de son récit, le vieux Maël comprit bien vite que le seigneur de Kerloguen n'était point devenu un marin ou un corsaire au service du roy, mais bel et bien un capitaine pirate surnommé « L'Ombre » et dont Morvan était le fidèle lieutenant. Une vive dispute éclata. Maël lui reprochait d'avoir perdu son honneur et son âme, tandis que le jeune vacher arguait être le bras droit de l'artisan d'une nouvelle forme de justice et de liberté qu'un maréchal-ferrant n'ayant jamais quitté sa maudite forge ne pouvait comprendre. Leur aigre querelle fut interrompue car Barbe, agonisante, avait été alertée du retour de Morvan et souhaitait s'entretenir seule avec lui. Jamais Maël ne sut ce qu'ils se dirent; Morvan repartit sans un mot au beau milieu de la nuit.

Pardon, messire mon cousin, pour la longueur de ce récit, mais les forces commencent de me manquer et je ne sais si j'en serai encore capable les jours prochains. Je ne suis âgé que de trente et un ans, mais ma santé fragile ne s'est jamais accommodée des rigueurs de la vie monacale et du froid impitoyable qui, l'hiver, règne en maître dans l'oratoire où je récite des grâces.

Maître Falot, mon notaire, se manifestera tantôt auprès de vous, car je vous ai désigné comme unique légataire. Je n'ai, hélas! pas beaucoup fait prospérer la seigneurie, étant peu doué pour les choses matérielles, mais je la laisse sans dettes, et c'est peut-être là mon unique fierté.

J'espère de toute mon âme que vous accepterez cet héritage, puisque j'ai juré à ceux qui y vivent, travaillent, et qui me sont si chers, que jamais je ne les abandonnerai.

Leur destinée est entre vos mains.

Lancelot de Kerloguen

Fort troublé, Côme de Plancoët reposa lentement la liasse de feuillets. Jamais il n'avait eu connaissance d'une quelconque parenté avec ces Kerloguen, mais il connaissait maître Falot de réputation, apprécié pour sa méticulosité et pour sa probité.

La vague de froid de 1709. Comment l'oublier ! On l'avait surnommée « le Grand Hiver » et l'on disait qu'à Versailles même, cette engeance fut telle que le vin gelait dans les calices et que les cloches ne sonnaient plus de peur qu'elles ne se rompissent. Dans le nord de la Bretagne, elle avait aussi sévi et décimé des populations entières qui, après avoir grelotté de froid, se mouraient de faim ou de maladies engendrées par le fléau. Par chance, en son riche domaine de Plancoët, les réserves de grains et de nourriture s'étaient avérées suffisantes pour subvenir aux gens et aux bêtes, et peu de décès furent à déplorer. Il relut quelques pages pour s'assurer de ce qu'il avait sous les yeux. Un lointain cousin devenu capitaine pirate dans les îles Caraïbes. Un homme frappé par un destin implacable. Un homme devenu fou de douleur, et peut-être fou tout court, parti au bout du monde embrasser l'illégalité, piétinant l'acte de contrition que l'on attendait de lui.

Côme se leva et se dirigea vers sa précieuse mappemonde fin Renaissance qui reposait, dans sa ronde majesté, sur un guéridon de la même époque. Il la caressa et la fit lentement tourner jusqu'au vaste continent des Amériques, aux contours encore flous. Il se prit à songer à ce qu'il aurait fait à la place de cet homme désespéré, si d'aventure pareille épreuve l'avait accablé. Mais n'ayant ni femme ni descendance, il ne parvint à se le figurer. Après le trépas de son épouse, son père ne s'était point remarié. L'unique héritier de Plancoët avait donc grandi seul au milieu d'une multitude de livres qui constituaient sa véritable famille. Ils lui avaient tout donné, tout appris, et c'est en leur seule compagnie qu'il s'était élevé et avait voyagé.

Côme était un homme solitaire, mais comblé. Outre sa passion équestre, à laquelle il s'adonnait chaque matinée, le plus clair de son temps était consacré à la lecture, l'étude et la rédaction de son volumineux courrier, où il partageait le secret de ses réflexions et questionnements existentiels avec d'autres érudits. Alors que faire de cet encombrant héritage ? Le refuser était la meilleure solution. Oui mais en ce cas qu'adviendrait-il des gens de la seigneurie qui semblaient tant compter pour ce Lancelot ? Il décida de différer sa décision après en avoir discuté avec maître Falot. Pour l'heure, il se replongea dans un ouvrage qui relatait des éléments méconnus de la vie tumultueuse du grand Giordano Bruno.

Dans sa vaste cuisine, Thérèse surveillait jalousement la cuisson de son jarret. L'ayant goûté, elle arrêta que le romarin n'avait point exhalé assez d'arôme, ajouta un peu d'origan sauvage, qu'en Bretagne on nommait « ploëric » et qui ne poussait qu'entre certains rochers du bord de mer. Satisfaite, elle reposa le couvercle de la marmite. S'agissant du dessert, une bonne tarte aux pommes à cidre ferait l'affaire. Mais elle avait bien d'autres tâches à accomplir que de confectionner la pâte. Où donc était passée cette damnée Marion ? Décidément, cette petite l'irritait au plus haut point et elle regrettait amèrement que ce fût elle qui remplaçât sa bonne Soizic, qui venait de passer d'une méchante plaie infectée à la jambe.

Elle ouvrit la porte qui donnait sur le jardin des aromates, plaça ses mains rougeaudes sur ses larges hanches et tonna :

– Marion ! Où es-tu, fille de rien ? Crois-tu que j'vais faire ton ouvrage à ta place ? Marion ?

Comme sortie d'un trou de souris, la fille de ferme apparut, blême.

– Eh ben, où donc que t'étais ? N'as-tu point apporté son repas et son courrier à notre maître comme je te l'avais commandé ?

La petite se mit à trembler.

– Si fait, mais j'veux plus y aller.

Ironique, la grosse cuisinière interrogea :

– Ah ça, t'aurait-il manqué de respect ? Pincé les fesses ?

– L'endroit bizarre où il se tient tout l'temps m'fait peur. J'suis sûre qu'il est hanté et…

Elle ne put achever. Thérèse se courrouça :

– Hanté ! Rien qu'ça ! Par des korrigans, sans doute ? C'est encore ce bougre de recteur et son borné bedeau qui ont mis ces superstitions dans ta cervelle de linotte ! Bon, trêve de sornettes, tu vas baratter le beurre et m'éplucher dix livres de pommes. Ouste !

Sitôt la Marion sortie, Thérèse se remit au travail en ruminant son ire. C'est qu'elle en avait, de l'ouvrage ! Demain, on allait tuer le cochon et il faudrait sitôt profiter de son sang pour fabriquer l'excellent boudin dont elle avait le secret. Avec humeur, elle décrocha plusieurs chapelets d'oignons jaunes qu'elle commença à peler tout en ressassant ses pensées.

Certes, Côme de Plancoët n'était pas un seigneur comme les autres. À l'âge de trente-deux ans, il n'avait toujours pas pris femme. Pour ses gens, c'était une source de tourments, car s'il passait subitement, tous seraient livrés à un destin inconnu qu'ils redoutaient. La région regorgeait de nobles filles à marier, dont certaines étaient avenantes, mais aucune ne semblait trouver grâce à ses yeux.

Elle poussa soudain un cri car la lame de son couteau venait de lui entailler la main et le sang giclait à grands flots. Prise de faiblesse, elle voulut se retenir à l'angle du billot, mais manqua son appui et chuta.

Quand elle s'éveilla, elle reconnut les murs de la petite mansarde qu'elle occupait dans les combles du château. Un visage était penché sur le sien. Celui de Côme.

– Eh bien, ma bonne Thérèse, tu nous as causé belle frayeur ! Il y avait tant de sang sur le sol de la cuisine que l'on eût pu croire que tu avais déjà occis le cochon.

Comme le ton se voulait badin, elle esquissa un pauvre sourire, mais grimaça sitôt de douleur, car sa blessure la lançait. De sous les draps, elle sortit sa main martyrisée et découvrit qu'elle était recouverte d'un épais bandage de lin, imprégné du suc odorant de différentes herbacées.

– Seigneur, il fallait pas déranger le chirurgien pour si peu car…

– Rassure-toi, l'interrompit-il, je ne l'ai point envoyé quérir et c'est par mes soins seuls que ton indispensable main va guérir.

Un peu inquiète, elle s'enquit :

– Vos soins ? Mais comment avez-vous su c'qu'il fallait faire ?

Côme se redressa.

– Mais enfin, dans les livres, Thérèse ! Les livres qui savent tout et nous enseignent tant de choses ! Pourquoi crois-tu que je passe tout ce temps en mon antre, si ce n'est pour étudier leur infini savoir ?

Il se rassit.

– Savais-tu par exemple qu'il y a plus de quatre mille ans, les Égyptiens savaient déjà pratiquer une trépanation ?

– Ah… Et qu'est-ce donc au juste ?

Il commença d'expliquer :

– Une opération à la fois simple et audacieuse qui consiste à…

Il s'interrompit net :

– Mais quel impardonnable sot je suis de te narrer ceci, tu as besoin de te reposer à présent.

D'une voix faible, elle répondit :

– Maître, comment qu'j'vais faire demain pour accommoder le cochon sous toutes ses formes ? Si j'peux pas, j'suis plus bonne à rien !

Côme alla vers l'unique fenêtre à petits carreaux. Jamais, jusqu'à ce jour, il n'était entré dans cette modeste pièce, d'où il embrassait la vue pour la première fois. En se penchant un peu, il constata qu'elle donnait sur l'ouest du parc qui abritait la calme majesté d'arbres centenaires, à l'ombre desquels, enfant, il avait tant joué et rêvé, parfois même dormi. À pas lents, il revint vers la couche où reposait Thérèse :

– Tu te trompes, Thérèse. Tu seras bien vite sur pied et, dès demain, donneras tes consignes lors de l'abattage. Vois-tu, grâce à toi, tous les gens qui vivent en cette seigneurie peuvent se régaler de la bonne chère que tu nous prépares, car tu as un don pour cela et peux en être fière. Pour ma part, je ne sais pas encore quel est mon rôle, n'ayant, jusqu'à ce jour, rien accompli d'autre que naître sur cette parcelle de terre enchantée dont j'ai eu l'heur d'hériter.

La cuisinière luttait contre la torpeur qui la gagnait. Elle avait senti quelque amertume dans la voix du seigneur de Plancoët.

– En attendant, messire, p't être ben qu'aujourd'hui, vous avez sauvé ma main et j'vous en dis grand merci.

Quelques jours passèrent sans qu'aucun fait notable ne vînt troubler la vie de la seigneurie. Un généreux soleil de juin finissait d'absorber la pluie d'un mois de mai fort maussade, avec ses paquets d'embruns distillés par un vent de suroît qui avait soufflé sans discontinuer. Cette radieuse fin de printemps laissait augurer un bel été et de fructueuses récoltes. Chacun vaquait à ses occupations. Erwan, l'ombrageux métayer, toujours chaussé de ses rudimentaires sabots de bois, ne cessait de parcourir le domaine dont il avait la charge. Il veillait à tout : la floraison des fruitiers, la progression des grains d'avoine et de blé noir, la promesse du foin qui nourrirait les bêtes lorsqu'elles ne trouveraient plus de quoi paître dans les prés. C'était lui aussi qui recrutait les journaliers quand il fallait un surplus de main-d'œuvre. Il connaissait chaque arpent de cette terre sur laquelle il était né, et qu'il aimait et défendait avec âpreté.

Ronan, qui élevait un cheptel de taureaux et de pourceaux, sélectionnait avec le plus grand soin les mâles reproducteurs, afin que leur descendance gagne toujours en robustesse. Dans les environs, plus d'un fermier enviait son savoir-faire et, deux fois l'an, certains lui amenaient vaches et génisses pour les faire saillir, moyennant l'octroi d'un petit.

Madeleine, quant à elle, s'occupait jalousement du poulailler et empêchait quiconque de s'en approcher, même Thérèse. Les marmots qui dérogeaient à cette règle étaient abreuvés d'injures et recevaient force coups de bâton s'ils étaient surpris à ramasser quelques œufs à la dérobée. Ils se moquaient alors d'elle en lui faisant des gestes obscènes dont elle n'avait cure. C'est de feu sa mère, que l'on disait un peu sorcière, qu'elle avait hérité son fichu caractère.

Seize ans auparavant, un fils lui était né sans que nul ne pût jamais en découvrir le géniteur, car elle était aussi peu aimable de figure que de tempérament. Elle avait accouché seule une nuit d'orage d'un petit bâtard prénommé Nicolas.

Dès que l'enfant fut en âge de marcher et de s'aventurer hors la mansarde où vivait son acariâtre mère, il déserta chaque nuit sa paillasse pour se réfugier dans la tiède litière des écuries et s'endormir entre les sabots des chevaux qu'il adorait. L'on eût dit que ces animaux, à la fois puissants et délicats, tendres et farouches, étaient sa véritable famille, tant une muette complicité semblait les unir. Délaissé par sa mère qui lui préférait la basse-cour, l'enfant grandit comme une herbe folle dans le pré des équidés. Il avait fini par leur ressembler, avec sa forte mâchoire et son buste imposant campé sur de longues jambes maigres.

Un beau matin, après avoir longuement hésité, Erwan était venu trouver le seigneur de Plancoët. Bonnet en mains, il voulait lui demander s'il pouvait confier au jeune Nicolas, qui venait d'avoir treize ans, le soin des écuries pour remplacer le palefrenier Gildas, qui venait de quitter le domaine.

Côme n'avait point été surpris par la requête du métayer. L'ayant observé à maintes reprises, il avait remarqué le don particulier du garçon et s'en était ému. Il accepta sur-le-champ et n'eut pas à le regretter.

Juillet arriva, gorgé de soleil, de fleurs et de fruits. Le vent d'ouest répandait partout leurs senteurs et les récoltes s'annonçaient plus opulentes que jamais. Fidèle à son rituel, Côme se leva avant l'aube pour se rendre aux écuries. Le jeune palefrenier lui tendit les rênes de Bucéphale qui piaffait d'impatience devant la promesse d'une course au grand galop. Cette matinée du 8 juillet promettait une telle chaleur que Côme rentra plus tôt que de coutume, afin de ne point épuiser sa monture déjà haletante et trempée de sueur. Confiant son cheval aux soins de Nicolas, il gagna la cuisine où se trouvait Thérèse. Sa main blessée s'était tout à fait remise, bien qu'elle conservât impressionnante cicatrice.

Dès qu'elle vit le seigneur de Plancoët, un large sourire illumina sa face rubiconde, mais elle fit sitôt mine de se courroucer :

– *Ma doué*, vous v'là en nage comme écrevisse ébouillantée ! A-t-on idée de sortir avec cette satanée chaleur ? J'm'en vais vous apporter vot'déjeuner dans votre antre. J'y ai déjà déposé un courrier qui vient d'arriver.

À ces mots, Côme fila d'un bon pas vers sa bibliothèque, où l'attendait, en effet, une importante missive en provenance de Trente, émise par son cher ami Paolo Farnese.

Trente, le 24 mars de l'an de grâce 1720.

Mon très cher et irremplaçable ami,

Tant de lieues séparent Trente de votre si lointaine Bretagne que je ne sais quand ce courrier vous parviendra, si Dieu permet qu'il arrive un jour entre vos mains ! Vous apprendrez alors que je me suis fort réjoui de votre dernier exposé sur l'ordre et le désordre du monde. Quant aux nombreuses questions que vous me posez, je tenterai d'y répondre dans la mesure de mes modestes moyens.

Sur le rapport pour le moins ambigu que notre religion catholique entretient avec la croyance en la réincarnation, vous soulignez, à juste titre, que certains Évangiles de la Bible y font plusieurs fois allusion, notamment lorsque Jésus demande à ses disciples :

« Et moi, qui dit-on que je suis ?

– Les uns disent que tu es Élie, d'autres encore Jérémie. »

Votre sagacité trouve également écho dans les paroles d'Origène, l'un des premiers pères de l'Église, quand il écrit :

« Chaque âme vient en ce monde fortifiée ou affaiblie par les échecs de ses vies antérieures. »

Et jusqu'au grand saint Augustin qui interroge :

« N'ai-je point vécu dans un autre corps avant que d'entrer dans le sein de ma mère ? »

Comme vous, mon cher Côme, je crois en Dieu et Son Fils Jésus-Christ. Alors, puisque le Père Éternel est amour, pardon et équité, comment permettrait-il que certains viennent en ce bas monde dotés d'insolente santé, de richesses et moult abondances, tandis que d'autres naissent pauvres, contrefaits, condamnés d'avance à la misère et son cortège d'afflictions ? Je ne peux m'empêcher de vous rappeler l'histoire de l'aveugle guéri par Jésus. Une fois encore, les juifs interrogent : « Rabbi, qui a péché ? Cet homme ou ses parents pour qu'il soit né aveugle ? » Inépuisable et passionnante question ! Oui, nous péchons gravement, mais accomplissons aussi de généreuses actions. Quelle qu'en soit l'intention, elles parsèment notre chemin de vie comme des petits cailloux dans la trace nos pas.

Mais à l'origine de votre question, il y a ce que j'appellerai un « schisme » entre cette « philosophie » et la religion que nous partageons. Un élément de réponse se trouve peut-être à Constantinople, lors du deuxième concile en 553, sous le règne de l'empereur Justinien. Que de choses décrétées au cours de ces interminables et houleux débats, mais surtout, que d'anathèmes prononcés à l'encontre de penseurs théologiens alors proclamés hérétiques ! Un anathème parmi tant d'autres, mais sans doute le plus grave à mes yeux, fut justement celui qui condamnait la croyance en la réincarnation. Aux yeux des princes de sang et de certains prétendus « princes » de l'Église, cette thèse pouvait s'avérer fort dangereuse, car elle menaçait leur contrôle sur les peuples, ce joug indispensable à la bonne marche des puissants. En affirmant, a contrario, *qu'il n'y avait qu'une seule vie terrestre à l'issue de laquelle les bons iraient au paradis et les damnés en enfer, les esprits simples, terrorisés, courbaient mieux l'échine et suivaient une bonne fois pour toutes l'unique voie de vérité étroitement encadrée.*

Je me garde bien de m'ouvrir sur ces délicats sujets avec le premier quidam, car, si nous ne vivons plus aux temps de la « Sainte Inquisition », nombre de mauvais prélats seraient bien-aise de livrer nos âmes dévoyées aux flammes salvatrices du bûcher.

Mon cher ami, je m'en retourne à l'étude d'Hermès Trismégiste qui est loin de m'avoir livré tous ses secrets. Je dois poursuivre la recherche du Grand Œuvre avec ardeur.

Par bonheur, je suis habilement secondé dans mes travaux par mon dévoué Tadzio, lequel, outre ses remarquables connaissances et capacités d'analyse, a pour moi les plus grandes tendresses.

Votre dévoué et très cher ami,

Paolo Farnese

« Par bonheur, je suis habilement secondé dans mes travaux par mon dévoué Tadzio, lequel, outre ses remarquables connaissances et capacités d'analyse, a pour moi les plus grandes tendresses. »

Bertrand Le Guennec, recteur de Plancoët, venait de relire pour la troisième fois le courrier de l'énigmatique Paolo Farnese. Dans un soupir, il le reposa sur la table de la cuisine du presbytère et s'assit lourdement sur le banc qui lui faisait face. Tout en dévorant avec force bruits de mastication une cuisse de poulet, Philibert, le bedeau, l'interrogea :

– Eh ben, n'êtes-vous point content du courrier que j'aie *emprunté* à son destinataire avant que je n'le rende à c'te gueuse de Marion ?

Le serviteur de l'Église répondit vertement :

– Je t'ai déjà dit cent fois de ne jamais m'adresser la parole bouche pleine. C'est d'autant plus répugnant que tu manges comme un pourceau !

Essuyant ses lèvres huileuses d'un revers de manche sale, le bedeau répliqua d'un ton rogue :

– C'est bien mal me remercier pour la peine que je me suis donnée !

Du plat de sa main, Bertrand Le Guennec frappa grand coup sur la table et sa voix tonna :

– Quelle peine ? Bel effort en vérité ! Culbuter à chaque occasion cette petite garce en chaleur ? Je ne comprendrai d'ailleurs jamais quels attraits cette catin peut trouver à ta répugnante personne. Enfin, qu'importe ! L'essentiel est qu'elle dérobe pour toi ces échanges diaboliques dont nous avons besoin.

Philibert se garda bien d'expliquer que son *attrait* majeur résidait au beau milieu de sa culotte, et qu'la Marion, qui en avait vu d'autres, affirmait en gloussant comme une bécasse n'avoir jusque-là rien connu de pareil… Mais l'humeur de son supérieur était telle qu'il préféra sortir et vaquer aux nombreuses tâches ingrates qui lui incombaient.

Resté seul, le recteur n'était que colère et frustration. Certes, la missive dont il venait de prendre connaissance accablait son auteur – un hérétique de la pire espèce qui, pour couronner le tout, était probablement sodomite ! L'extrême gravité de ces faits alimentait à gros bouillons le chaudron du diable et eût pu l'envoyer tout droit au bûcher. Mais cette âme dévoyée qui vivait par-delà les Alpes n'était pas son gibier.

Il alla ouvrir le cellier dûment fermé à clé et se servit une timbale de la réserve du pâle vin de messe pour mieux réfléchir. Rien dans ce qu'il venait de lire ne permettait d'accabler son destinataire, excepté, bien sûr, de coupables complaisances vis-à-vis des abominations de son correspondant. Ce serait loin d'être suffisant pour contenter Léandre de Mériadec, l'évêque qui lui avait confié la lourde mission d'espionner, et surtout de confondre, le seigneur de Plancöet.

Lorsque, un an auparavant, il avait été convoqué par cet homme puissant, Bertrand Le Guennec en avait été fort surpris. Lui, l'humble recteur d'une modeste paroisse, se retrouvait face à l'un des plus hauts représentants de l'épiscopat breton. Plus étonnant encore, le dignitaire lui avait donné rendez-vous dans un obscur monastère dont jamais il n'avait entendu parler. Quand il descendit enfin de l'inconfortable charrette conduite par le taiseux paysan qui l'avait mené jusqu'au lieu-dit, il n'eut point à demander à l'un des moines jardiniers qui s'activaient où se tenait l'évêque. Ce dernier l'attendait devant un massif de glycine bleu pâle qui bruissait du bourdonnement incessant des abeilles, auréolé de papillons multicolores. C'était un homme de stature imposante, prématurément vieilli, mais se tenant droit comme un if en dépit de la canne qu'il tenait à la main. D'une voix aussi grave que les traits qui sculptaient son austère visage, il prononça ces simples mots :

– Vous êtes là. Bien.

Il tendit sa main gantée sertie d'une bague au recteur qui, se courbant davantage que ne l'exigeait l'usage, s'empressa de la baiser.

Ayant jeté plusieurs regards alentour, et apparemment rassuré, l'évêque intima :

– Le temps est au beau, alors, plutôt que de nous enfermer à l'ombre d'une cellule, je vous propose de causer de la délicate affaire dont j'ai à vous entretenir en parcourant ces remarquables jardins.

Obéissant au prélat, Bertrand Le Guennec le suivit entre les allées, dont certaines étaient joliment bordées de coquilles Saint-Jacques. Massifs odorants, parterres organisés, carrés potagers jouxtant fleurs, simples et autres plantes aromatiques, l'évêque, pointant de sa canne chaque herbacée, la qualifiait par son nom latin tout en en saluant ses vertus et le savoir-faire de ceux qui avaient composé leur parfaite ordonnance. Au mur de pierre qui bornait la limite du monastère, Léandre de Mériadec désigna un banc et invita son subordonné à s'y asseoir.

Après quelques minutes de silence, il prit enfin la parole.

– Si je vous ai convoqué en ces lieux, c'est pour vous confier une mission des plus importantes.

Impressionné, mais un brin agacé par tant de cérémonie, le recteur attendait la suite du propos.

– Il se trouve que notre Sainte Église compte partout des ennemis que notre devoir de chrétien se doit d'éradiquer afin d'endiguer fâcheuse contagion. Certains ne sont que de simples brebis égarées qu'il convient de remettre promptement dans le droit chemin, mais d'autres, plus érudits et plus sournois, sont autrement dangereux. Et ceux-là, il convient de les neutraliser à tout prix!

Pour donner plus de poids à ses mots, le religieux martela le gravier de sa canne, comme s'il voulait écraser à l'instant ces dangereux esprits déviants. Le recteur se racla la gorge et se risqua à poser la question qui lui brûlait les lèvres.

– Pardonnez-moi monseigneur, j'ouïs parfaitement la gravité de la situation que vous décrivez, mais j'ai quelque mal à entrevoir ce qu'exactement vous attendez de moi.

L'évêque darda sur lui un regard de feu et sa voix se fit encore plus grave.

– En votre paroisse, vous n'êtes pas sans ignorer que le comportement du seigneur est source de bien des questionnements.

Bertrand Le Guennec se raidit :

– Vous parlez du seigneur Côme de Plancoët ?

Frappant un nouveau coup de canne au sol, l'évêque répondit :

– Je vous prie de baisser la voix. Évidemment qu'il s'agit de lui. Qui d'autre ? Je ne puis encore vous révéler la nature des soupçons qui pèsent sur lui, mais, croyez-moi, ils sont lourdement fondés. Quoi qu'il en soit, j'ai été chargé en très haut lieu de vous confier cette mission capitale : lui dérober son courrier, le recopier et, s'il présente une pièce à charge, nous le transmettre.

Le recteur ne put refreiner un mouvement de recul et ses paroles furent plus promptes à se manifester que sa prudence :

– Monseigneur, ce que vous me demandez là relève de la forfaiture et point ne sais si je puis…

D'un ton sans réplique, l'homme d'Église le coupa :

– Vous le pouvez parce que vous le devez !

Se radoucissant subitement, il plissa les yeux et précisa :

– Sachez que l'Église se montre toujours reconnaissante envers ses fils quand ils la servent fidèlement. Nous savons que vous vous morfondez dans cette obscure paroisse et rêvez d'une affectation qui correspondrait davantage à vos mérites. Il me semble que les desseins du Très-Haut peuvent s'accorder avec nos ambitions les plus modestes. Je vous bénis, mon fils.

LA CHALEUR qui avait accablé les habitants de la seigneurie de Plancoët tout au long de cette interminable journée n'avait point cédé à l'approche du couchant. L'on eût dit que l'air s'était chargé de plomb, jusqu'à devenir irrespirable. Vaille que vaille, chacun avait vaqué à ses occupations avec peine, s'aspergeant à la moindre occasion.

Après sa chevauchée matinale effrénée et de salvatrices ablutions, Côme s'était réfugié en son antre pour s'adonner à ses occupations coutumières. Mais au bout de quelques heures, une torpeur s'était emparée de lui. Thérèse le trouva endormi de tout son long sur le frais dallage à damiers qui ornait le sol de son étrange bibliothèque. Posant délicatement à l'angle du bureau le plateau qui contenait le frugal repas qu'elle avait préparé, elle s'agenouilla péniblement et épongea sa face cramoisie du bout de son tablier. Son maître reposait si bien qu'elle conçut grands scrupules à le réveiller et, pour la première fois, en profita pour le contempler à loisir.

Dieu que cet homme était singulier, et ce à plus d'un titre!

Beau, mais désespérément célibataire ; charmant et courtois, mais éternellement solitaire ; fort aisé, mais ne jouissant point de ses richesses. Nonobstant, il était loin d'être avaricieux et, parmi les nobles de la région, était celui qui se montrait le plus enclin à la dépense avec ses gens, notamment lors des fêtes où les rôts étaient généreusement servis, tandis que cidre et vin coulaient à flots. C'était à croire qu'il avait été victime d'un maléfice, le sortilège d'un korrigan ou, pis encore, d'une sorcière. À cette pensée, la grasse Thérèse frissonna et se signa. Non qu'elle fût particulièrement bigote, mais en cette région peuplée d'épaisses forêts abritant Diable ou Dieu sait quoi, on n'était sûr de rien. Finalement, elle choisit de le laisser dormir et s'autorisa à prendre elle-même quelque repos dans sa mansarde.

Ce fut Nicolas qui, au beau milieu de la nuit, entendit le premier les grondements du tonnerre. D'abord lointains, ils se rapprochèrent et une série d'éclairs zébrèrent le ciel. Pour sûr, un violent orage allait éclater et le jeune palefrenier bondit sur ses pieds. Logeant juste au-dessus des écuries, il descendit la roide échelle qui y conduisait. Comme il le redoutait, les chevaux étaient en proie à une peur irraisonnée et s'agitaient en tous sens. S'approchant de chacun d'eux, Nicolas tenta de les rassurer en caressant leur encolure tout en murmurant de douces paroles à leurs oreilles. Las, un formidable coup de tonnerre retentit, doublé par le renvoi de son écho. Bucéphale devint comme fou et se mit à botter contre les parois de sa stalle. Craignant qu'il ne se blessât d'importance, le jeune homme leva le loquet et pénétra dans sa stalle. Se cabrant aussitôt, l'étalon le renversa, le piétina et se rua vers la lourde porte de chêne à double battant qu'il ouvrit d'un seul coup en appuyant de tout son poids les sabots de ses jambes avant. Poussant déchirant hennissement, il partit au galop droit devant lui et s'enfonça dans la nuit. Rudement estourbi par le choc, Nicolas gisait dans la paille. Il tenta de se relever, mais ressentit une telle douleur à l'épaule qu'elle lui arracha un cri. Il retomba sur le flanc et vomit un flot de bile noire avant de s'évanouir. Au même l'instant, la foudre s'abattit sur le toit des écuries, déclenchant un début d'incendie.

Erwan s'éveilla en sursaut. Ayant bu la veille plus que de raison, tant parfois il recherchait l'oubli, il dormait d'un lourd sommeil sans rêves et n'avait point entendu les roulements rageurs du tonnerre. Ce fut le claquement répété de la foudre qui le tira de sa léthargie. Nul doute, à cause de cette damnée chaleur, un orage d'une force inouïe venait d'éclater et allait causer moult ravages. Songeant aux précieuses récoltes qui risquaient d'être irrémédiablement gâtées, le métayer s'extirpa de sa couche et ouvrit grande la fenêtre. La pluie ne tombait pas encore, mais une lueur autrement inquiétante éclairait la nuit. Le feu ! Le feu qui venait d'embraser les écuries et menaçait de s'étendre aux autres dépendances. Sans prendre le temps d'enfiler sa culotte, il sortit en chemise et courut vers le foyer qui gagnait en intensité.

Déjà à pied d'œuvre, Ronan et d'autres gens de la seigneurie tentaient désespérément de jeter des seaux d'eau puisés à même l'abreuvoir des chevaux. Comme Nicolas n'était point parmi eux, Erwan gagea qu'il s'était retrouvé piégé à l'intérieur. N'hésitant pas un instant, il ôta sa vêture, la gorgea d'eau et s'en couvrit la tête et les épaules avant de pénétrer dans le cœur du brasier. Retenant son souffle et progressant comme il le pouvait au milieu des flammes, il atteignit ce qu'il restait de la stalle de Bucéphale, certain que son jeune protégé s'y était rué en priorité. Aucune trace de l'étalon, mais un corps étendu contre lequel il buta. Il l'empoigna et parvint à le hisser sur son dos. Au même instant, une poutrelle enflammée s'écroula à ses pieds ; il ne distinguait plus rien. Une violente quinte de toux le secoua et il chut, inconscient, avec son précieux fardeau.

Une pluie diluvienne le sortit de sa torpeur. Il voulut se redresser, mais échoua car le souffle par trop lui manquait et il retomba sur l'herbe détrempée. De toutes parts, il entendait des cris et des ordres. Comme il avait la gorge en feu, il ouvrit grande la bouche afin d'étancher sa soif à la seule eau du Bon Dieu. Face aux restes de charpente encore fumants de ses écuries, Côme avait envie de hurler sa rage et son désespoir. Trois de ses chevaux avaient brûlé vifs et Bucéphale avait disparu. Fort heureusement, aucun homme n'avait, dans ce désastre, péri, et grâce au déluge providentiel, aidé par Ronan et d'autres garçons de ferme, il avait réussi à extirper de l'enfer Erwan et Nicolas.

Les deux malheureux, brûlés en maints endroits, pâtissaient beaucoup. Pour les épargner, il exigea qu'on les transportât chacun dans un drap jusqu'en sa vaste cuisine où on les étendit sur le frais dallage. Déjà, Thérèse s'activait, préparant réconfortant breuvage à base de lait, de miel et de thym. Nicolas ne cessait de gémir et son épaule désaxée présentait vilaine allure. Ronan se proposa d'y remédier, mais prévint Côme qu'il allait falloir fermement maintenir le blessé afin qu'il ne se débattît point lors de la douloureuse manipulation. D'un mouvement aussi puissant que précis, il remit la clavicule en place, arrachant bel hurlement à l'infortuné.

Selon les indications de Côme, Thérèse prépara des onguents à base de millepertuis, plantain, camomille et eucalyptus pour les appliquer délicatement sur les brûlures les plus profondes, afin qu'elles ne s'infectassent point avant que de commencer leur cicatrisation. Pour la seconder en sa tâche, elle aurait bien eu besoin de cette maudite Marion, mais la petite garce demeurait introuvable. En elle-même, la cuisinière se promit de l'admonester d'importance dès le calme revenu. Par chance, Évangéline, l'épouse de Ronan, lui prêtait main-forte, en dépit de sa grossesse avancée. Elle avait déjà eu trois gars, perdu des jumelles dès leur naissance et espérait ardemment attendre une petite pissouse. Quand les remèdes furent enfin prêts, elles les mélangèrent en une seule décoction et les appliquèrent doucement en cataplasme sur les plaies. Quand ce fut fait, d'une voix plus rude qu'il ne l'aurait voulu, Côme interrogea Nicolas :

– Qu'est-il advenu de Bucéphale ?

Le jeune palefrenier grimaça, mais soutint le regard de son maître et lui narra tout ce dont il avait souvenance.

Côme hocha la tête et poursuivit :

– Dans quelle direction est-il parti ?

– Droit devant lui, messire. Mais il était tellement affolé que j'sais pas où il a pu aller après.

Le seigneur de Plancoët s'adressa alors à Ronan et aux autres vachers présents :

– Que l'on selle Mélusine. Je pars à l'instant à la recherche de Bucéphale !

Ébaubis, les domestiques se regardèrent en se demandant s'ils devaient obéir à cet ordre incongru. Seule Thérèse, au comble de l'inquiétude, osa s'enquérir :

– À c'te heure ? En pleine nuit ? Alors que la pluie continue de tomber comme vache qui pisse et que…

D'un ton sans réplique, il la somma de préparer pitance pour deux jours. Et moins d'une heure plus tard, il s'enfonçait à son tour dans les ténèbres sous un déluge de fin du monde.

En son évêché, Léandre de Mériadec ressassait de sombres pensées. Depuis un an, l'enquête qu'il avait diligentée à l'encontre de Côme de Plancoët n'avait produit aucun résultat. Certes, le recteur du lieu-dit lui envoyait régulièrement copies des différents courriers qu'il avait, de très mauvaise grâce, consenti à intercepter. Mais rien, hélas, ou si peu de choses, dans ces échanges épistolaires n'accablait son destinataire. Alors comment confondre cet homme qu'il haïssait de toute son âme ? Quelle méthode employer pour lui faire rendre gorge afin qu'il payât enfin le lourd tribut que sa maudite famille devait à la sienne ?

Comme dans un interminable cauchemar, il revoyait cette nuit où son père agonisant lui avait confié son terrible secret. Le vieil homme étique cherchait désespérément un brin de souffle entre deux quintes de toux qui lui faisaient cracher de minces filets de sang. Déchue à la suite de diverses infortunes qui l'avaient plongée dans la précarité, la noble famille n'avait pu offrir au père les services d'un chirurgien digne de ce nom. Les rares praticiens qui s'étaient portés à son chevet n'avaient fait qu'aggraver son état en pratiquant sur son corps éprouvé nombre de saignées. Lors de la dernière, Léandre était entré dans une vive colère et avait chassé le gredin qui se présentait comme le seul et véritable homme de l'art. Celui-ci avait alors décampé en jurant bien qu'il se vengerait tôt ou tard. Depuis ce jour odieux, Léandre seul s'était occupé du mourant, ombre déclinante bien qu'il conservât tout son esprit. Il lui prodiguait des soins bien dérisoires et le veillait de la brune jusques au matin. Une nuit au cours de laquelle il s'était endormi dans le fauteuil qui jouxtait le lit, il avait été réveillé par un faible râle :

– Léandre, je sens que l'heure est venue. Approchez-vous, j'ai de graves révélations à vous faire.

Le cœur battant à tout rompre, le fils saisit la main de son père. En cet ultime instant, il aurait donné son âme pour qu'un prêtre fût à ses côtés, mais savait bien qu'il était trop tard pour l'envoyer quérir. D'une voix sans timbre, il tenta de rasséréner le mourant :

– Père, ce n'est que faiblesse passagère, demain vous…

La longue et maigre main pressa ses doigts.

– Ne me mentez ni ne m'interrompez, car le temps m'est compté et ce n'est qu'à vous et à vous seul que je me veux confesser.

L'inquiétude de Léandre allait croissant, mais il n'osa plus interrompre l'auteur de ses jours et, muet, attendit la suite.

– En mes vertes années, j'étais un jeune homme plein de fougue, confiant en l'avenir. Guillaume de Plancoët était non seulement le fils de nos voisins, mais aussi mon meilleur ami. Nous partagions tout : des bains de mer, de longues courses à cheval, l'étude du latin et du grec, ainsi que des discussions sans fin sur les lointaines et fascinantes contrées d'Amérique, qu'à défaut d'avoir pu découvrir, nous rêvions de parcourir.

Un nouvel accès de toux l'interrompit faisant rougir les draps élimés. Léandre s'empressa de lui faire absorber un verre d'eau dans lequel il avait pris soin de verser un calmant à base de laudanum, de miel et d'eucalyptus. Après quelques minutes, le vieillard sembla s'apaiser et, d'une voix déterminée, reprit le cours de son histoire.

– Et puis, il y eut cette maudite fête païenne de la Saint-Jean à laquelle Guillaume voulait absolument assister, certain qu'il y aurait là belle occasion de filles de ferme à culbuter. Nous avions seize ans à peine et étions pleins de sève. Cette nuit-là, tout semblait permis, et cidre et vin coulaient à flots. Comme le voulait la tradition, de grands feux furent allumés. Nobles et paysans, gars et filles se mêlaient et se défiaient en riant pour sauter toujours plus haut par-dessus les brasiers. Moi excepté, tous avaient bu plus que de raison et ne tardèrent pas à se livrer à la débauche. Une garce dans chaque bras, un Guillaume fort égrillard m'avait rejoint et proposé de les honorer ensemble dans la première meule de foin trouvée. Gardant pour moi mon dégoût, j'avais décliné l'invitation au motif que je ne me sentais pas très bien. Il s'était moqué de moi, me traitant de pucelle effarouchée, et s'en était allé en titubant vers un lieu propice à l'exercice de son vulgaire désir. Je me sentis soudain très seul et décidai de m'éloigner de la fête, de ses braillements et des rires gras qui lui faisaient cortège. La pleine lune éclairait la prairie comme en plein jour. Je grimpai la petite colline qui la surplombait en contemplant l'astre brillant qui m'avait toujours mis mal à l'aise, comme s'il me narguait et me surveillait sans cesse où que j'allasse. Je butai alors sur un obstacle et faillis en perdre l'équilibre. Un des participants de cette damnée Saint-Jean, sans nul doute, et qui cuvait son vin avant que de s'en retourner festoyer. Réveillé par cette brutale rencontre, l'inconnu se redressa et, sans s'offusquer le moins du monde, m'adressa le plus beau sourire que j'aie jamais contemplé. D'une voix mûre, qui contrastait étrangement avec la jeunesse de ses traits, il s'enquit : « Je crois que je me suis assoupi. Quelle heure peut-il bien être ? »

Face à l'incongruité d'une telle question, j'éclatai de rire. Loin de se vexer, le jeune homme partagea sitôt mon hilarité et nous roulâmes dans l'herbe en nous tenant les côtes. Quand cet accès se fut enfin calmé, il se pencha au-dessus de moi et me regarda droit dans les yeux. Il ne prononça nulle parole et m'embrassa à pleine bouche.

À ces mots, Léandre s'était statufié. Il n'osait interrompre son père, mais redoutait la suite de cet infâme récit. Le vieillard réclama une nouvelle timbale de l'apaisant breuvage, puis poursuivit plus faiblement :

– Je sais fort bien que je vous choque, mon fils, mais ce baiser fut la plus belle chose qui me soit arrivée avant les tendres caresses qui s'ensuivirent.

Cette fois, c'en était trop et Léandre ne put s'empêcher de hurler :

– Par le Christ, taisez-vous, je ne veux plus rien entendre ! Avez-vous seulement conscience de l'abomination de ce que vous êtes en train de me narrer ?

Pour toute réponse, son père eut une convulsion et cracha un nouveau flot de sang. Bouleversé, il l'aida à se redresser afin qu'il ne s'étouffât point et épongea sa bouche. Après quelques interminables minutes, l'agonisant retrouva semblant de souffle et esquissa un pâle sourire.

– Tout comme ce sang, la vie me quitte, mais j'ai encore beaucoup à vous dire, mon fils… Alors je vous en conjure, même si je vous fais horreur, laissez-moi aller jusqu'au bout.

Il avait expiré aux premières lueurs de l'aube. Prostré au pied du lit, Léandre de Mériadec n'était plus que répugnance, douleur et révolte. Son père avait achevé son récit, lui faisant boire la coupe de sa honte jusqu'à la lie. Car l'histoire ne s'était point arrêtée à cette horrible fête païenne. Robert, feu son père, avait maintes fois revu en cachette le jeune débauché qui se prénommait Gervais. Ce dernier prétendait vouloir devenir druide et passait le plus clair de son temps à demi-nu dans la pénombre de la forêt, ne se nourrissant que de fruits, racines et baies. C'est à l'abri d'un ancien dolmen qu'ils avaient coutume de se retrouver et se livrer à leur abjecte passion. Un soir, ils furent surpris au beau milieu de leurs ébats par une voix qui les interpella :

– Bien le bonsoir, mes beaux compères, je ne vous dérange pas, j'espère ?

Les amants avaient sursauté, desserré leur étreinte avant de se jeter sur leurs vêtements épars. Prompt comme l'éclair, Gervais s'était saisi d'une lourde branche, prêt, s'il le fallait, à en découdre. L'homme qui avait prononcé ces mots s'avança et Robert reconnut Guillaume de Plancoët. La face cramoisie, il lui demanda :

– Que viens-tu faire en ces lieux ?

– Mais m'enquérir de toi, mon cher ! Tu m'as tant délaissé ces derniers temps que j'ai évidemment pensé à une intrigue amoureuse. Je ne m'étais pas trompé, on dirait, sauf sur sa nature, si j'ose dire.

Branche toujours en main, Gervais avait avancé de quelques pas vers l'importun. Sans se départir de son calme, ce dernier le toisa :

– Tout doux, mon lascar, je suis venu en ami et vous pouvez compter sur mon entière discrétion.

Il reporta son regard acéré sur Robert :

– Nos promenades à cheval me manquent cruellement. Je t'attends demain dès l'aube, à la lisière du petit pré des quatre mendiants. Bonsoir, messieurs.

C'est ainsi que l'odieux chantage avait commencé. En échange de son silence, Guillaume avait soudoyé son ami d'enfance qui, terrorisé à l'idée qu'il divulguât son secret et jetât l'opprobre sur sa famille, n'eut d'autre choix que de s'y plier. Comme il ne disposait pas d'argent propre, il dérobait régulièrement à sa mère des bijoux qu'elle ne portait jamais, certain qu'elle ne s'apercevrait point du larcin. Il remettait ensuite son butin à celui qui le faisait chanter, n'osant ni le défier ni l'affronter.

Un jour cependant, tandis que leurs chevaux s'abreuvaient à l'eau claire d'un ruisseau, il s'était risqué à lui demander d'où venait ce constant besoin d'argent. La passion du jeu ? Une ou plusieurs coûteuses maîtresses ? L'intéressé avait fait mine de s'offusquer :

– Mais enfin, pour qui me prends-tu ?

Comme Robert lui renvoyait une prunelle aussi noire qu'incrédule, il poursuivit :

– Voyons, tu ne devines point ? Mais l'achat de livres anciens, mon ami, dont je suis tant féru et que tu sembles avoir bannis de ta vie. Grâce à ta générosité, j'ai acquis des éditions rares de Horace, Hérodote, Marc-Aurèle, Platon et bien d'autres. Je serais heureux que nous en partagions la divine lecture, comme nous le faisions naguère, quand tu ne me battais pas froid.

Le chantage dura des années, nonobstant quelques trêves, car Guillaume ne voulait point tarir une source si précieuse et la prélevait avec parcimonie. Puis vint le jour maudit où Robert de Mériadec dut épouser sa cousine, Anne de Pontcallec. Pour la cérémonie, la mère du futur marié voulut se parer de quelques bijoux, mais ne les trouva point. La maison fut en grand émoi, car le vol ne pouvait qu'être le fait de l'un des domestiques. Très vite, les soupçons se portèrent sur la femme de chambre, une dénommée Guenièvre. Apprenant cela, mortifié, le fiancé décida de la soustraire à l'injustice qui attendait la pauvre fille et alla avouer à sa mère qu'il était seul coupable.

Au début, elle avait refusé d'y croire. Il fut forcé de donner des détails précis et imparables quant à son *modus operandi*. Glaciale, elle s'était enquis de la raison de ce constant besoin d'argent, dans l'espoir, peut-être, d'expliquer l'attitude insensée de son fils. Mais ce dernier, rouge de confusion, avait baissé la tête, n'ajoutant plus un mot. D'une gifle magistrale, la mère l'avait obligé à relever le chef et à la regarder droit dans les yeux :

– Écoutez-moi bien, monsieur, car à partir d'aujourd'hui, je ne vous appellerai plus jamais mon fils. Il est exclu qu'une telle honte rejaillisse sur notre famille. J'ai parlementé des mois pour arranger ce mariage et nourri, par ailleurs, d'ambitieux projets pour vos sœurs. Notre détestable entretien n'a jamais eu lieu et Guenièvre sera dénoncée à la justice du régent comme l'unique responsable de cet indigne forfait. Sortez, monsieur!

Les gens d'armes avaient arrêté l'infortunée femme de chambre. En dépit de ses pleurs et vives dénégations, ils l'avaient conduite à la prévôté pour la soumettre à la question, afin de savoir si elle avait bénéficié d'éventuels complices. Pieds et mains enchaînés, elle fut descendue dans les soubassements de l'édifice. Une cave voûtée seulement éclairée par quelques torches fixées au mur, dont les projections de lumière rendaient le lieu plus inquiétant encore. Le bourreau était tête nue, car il ne portait sa longue et noire capuche que pour les exécutions capitales. Il avait préparé ses traditionnels instruments : brodequins chauffés à blanc, écraseur d'os, pinces coupantes et autres tenailles. Il mit tant d'ardeur à sa tâche qu'en moins d'une heure, la malheureuse succomba, privant une foule avide de justice du spectacle de sa pendaison. Face à tant de déplorable maladresse, le questionneur fut destitué de sa fonction et quitta la ville sous les huées des bonnes gens.

Ce récit avait tant révolté Léandrc de Mériadec qu'il vomit un flot de bile au pied du lit sur lequel reposait le cadavre encore tiède de son père. Son père! Un bougre, doublé d'un voleur et lâche complice d'une abominable injustice. Et tout cela à cause d'un homme dénué de scrupules, Guillaume de Plancoët. Il n'était, hélas, plus possible de faire rendre gorge à ce scélérat, car il avait passé, il y a bien longtemps, des suites d'une mauvaise chute de cheval. Léandre jura alors de reporter sa soif de vengeance sur son unique descendant : Côme.

TOUT AU LONG de sa course au cœur des ténèbres, Côme de Plancoët n'avait qu'une idée en tête, retrouver Bucéphale. Il avait mené Mélusine droit vers l'océan, certain que son étalon, rendu fou par ce maudit orage, l'y attendrait. Las, quand sa brave jument gagna enfin la grève, nulle trace de son cheval. Il fouilla alors chaque grotte, chaque abri rocheux. Après plusieurs heures de vaine recherche, il piqua des deux vers la plus proche forêt et décida d'y établir rudimentaire campement pour la nuit, car la pluie venait enfin de cesser et qu'une faim de loup le taraudait. La végétation était si détrempée et la terre si boueuse qu'il progressa à grand-peine. Soudain, il déboucha sur un espace dégagé où trônait un dolmen et arrêta sa monture. Il savait que certaines forêts bretonnes regorgeaient de ces vestiges qui remontaient aux temps les plus anciens, mais n'avait jamais eu l'heur d'en contempler un. Intrigué, il mit pied à terre et jugea que le ciel, malgré tout, avait bien guidé ses pas. Épuisée et affamée autant que son cavalier, Mélusine se laissa attacher sous l'abri de pierre. Flattant son encolure, Côme ouvrit sa besace et lui offrit ses plus belles pommes. Ayant fait, il étendit à même le sol sa grande couverture et s'y assit afin de se sustenter à son tour. En dépit de ses récriminations, sa bonne Thérèse l'avait gâté ! Parfaitement rangés dans la sacoche, il découvrit une miche de pain, deux pilons de poulet, de la cochonnaille en quantité ainsi qu'un cruchon de son vin préféré. À belles dents, il dévora la volaille, but plusieurs rasades et décida de garder le reste des victuailles pour le lendemain. Ce repas lui fit du bien, mais il ne cessait de penser à la détresse de Bucéphale en cet instant. Avait-il au moins trouvé de quoi se nourrir ? Un abri ? Était-il blessé ? Pour l'heure, la nuit était si noire que Côme, impuissant, dût renoncer à sa recherche. Il poussa immense soupir et s'étendit sur son lit de fortune, l'épée de ses ancêtres posée à ses côtés.

Il dormait encore profondément quand il s'éveilla avec la sensation inquiétante d'être observé. Il se redressa, chercha son épée et constata qu'elle avait disparu.

D'un bond, il fut sur ses pieds, mais ne vit rien d'autre que la paisible Mélusine qui le regardait d'un œil doux en faisant pivoter ses oreilles. Côme sortit promptement de l'abri du dolmen qui avait protégé son sommeil. Rien ni personne alentour, excepté un ciel azur rayonnant exempt du moindre nuage, comme si la tempête de la veille n'avait jamais eu cours. Les oiseaux fêtaient le retour du soleil, chantant, roucoulant et piaillant à qui mieux mieux. Cette ambiance bucolique n'apaisa pas le malaise qu'il ressentait, car son estoc s'était bel et bien évaporé. Il se maudit de n'avoir pris d'autre arme que celle-ci, bien qu'il manquât cruellement d'exercice quant à son maniement. Une faim subite lui rappela qu'il disposait d'un large couteau dans sa sacoche à provisions. Il s'en empara sitôt, prêt, s'il le fallait, à vendre chèrement sa peau. Mais personne ne se montra. Il s'assit sur une gosse racine pour se restaurer. De la miche, il trancha épaisse tartine et l'agrémenta de saucisson. À l'instant précis où il allait l'entamer, son épée, comme tombée du ciel, se planta droit entre ses pieds. Il sursauta autant de peur que de surprise et, affermissant son emprise sur le manche du couteau, leva les yeux. Il ne distingua que la cime d'un chêne immense dont les feuilles bruissaient doucement sous l'effet du vent. Contrairement à la grande majorité du peuple de Bretagne, Côme n'était point superstitieux et ne croyait pas aux esprits censés hanter des lieux réputés sacrés ou maudits. Il essaya de récupérer son épée, mais n'y parvint tant elle s'était profondément enfoncée dans le sol. D'une voix qu'il voulait assurée, il s'écria :

– Qui que tu sois, montre-toi si tu n'es pas un pleutre !

Un rire moqueur lui répondit :

– Et sinon quoi ? Vas-tu me provoquer en duel et me pourfendre de ta lourde épée ?

Interloqué, Côme répondit :

– Pourquoi diantre me l'avoir dérobée cette nuit et tenté de m'occire ?

– Si j'avais vraiment voulu te tuer, crois-moi, ce serait chose faite ! J'ai seulement voulu voir ta réaction et dois avouer qu'elle m'a beaucoup diverti.

Grâce à cet échange de paroles, Côme avait espéré repérer d'où venait la voix de celui qui le défiait, mais elle se déplaçait sans cesse, tantôt proche, tantôt lointaine. Il s'enhardit :

– Je gage que, tel un animal, tu es perché en haut de cet arbre qui sert de refuge à ta couardise ! Eh bien, descends-en si tu l'oses !

Les yeux toujours rivés vers la cime, il guettait le moindre bruit, le plus infime mouvement. Aussi tressaillit-il violemment lorsqu'une main vint se poser sur son épaule. Il se retourna et vit l'homme le plus étonnant qu'il eût jamais contemplé : son visage était celui d'un vieillard avec ses traits burinés creusant de larges sillons. Sa longue chevelure blanche se confondait avec son impressionnante barbe, laquelle était ornée de petites fleurs mauves. Et pourtant, revêtu d'une simple tunique blanche, le corps fin et musculeux manifestait la pleine vigueur de la jeunesse, comme si l'on avait placé la tête d'un vieil homme sur le corps d'un éphèbe.

Face à un être si étrange, Côme demeura bouche bée, tandis que l'autre n'hésita pas, une fois encore, à le provoquer :

– Eh bien, ne t'ai-je point satisfait ? Tu voulais que je descende ? Me voici ! Veux-tu toujours en découdre avec moi ?

Côme fut aussi frappé par la jeunesse de son timbre. Cet individu était sans doute un ermite, rendu fou par une vie sauvage et solitaire. Nonobstant, une grande douceur émanait de son regard. Il baissa son couteau, mais resta sur ses gardes :

– Mais qui donc es-tu et que me veux-tu ?

– Avant que de te répondre, je t'engage à honorer ton repas, car je crois t'avoir interrompu.

Tous deux s'assirent sur un rocher. Côme proposa de partager ses provisions, mais l'inconnu déclina :

– Je ne me nourris que de plantes et de baies de cette forêt. Toutefois, j'accepterai volontiers un peu de pain et une timbale de vin, cela fait si longtemps que je n'en ai goûté.

Ils trinquèrent. De plus en plus intrigué, Côme réitéra sa question :

– Qui es-tu?

– Eh bien, cela dépend. Ta question se conjugue-t-elle au passé ou au présent?

Devant l'air perplexe de son interlocuteur, il se leva et déclama:

– J'ai été sous une multitude de formes
Avant d'être sous une forme matérielle,
J'ai été une épée étroite et bariolée,
Je crois à ce qui est visible.
J'ai été une lame dans l'air,
J'ai été la plus brillante des étoiles,
J'ai été mot parmi les lettres,
J'ai été livre à l'origine,
J'ai été l'éclat d'une lumière.

Côme décela dans ces vers énigmatiques une certaine poésie. Et il dut constater que leur aspect ésotérique résonnait étrangement en lui. Il hasarda:

– Es-tu un barde?

L'homme sans âge se rassit, but de nouveau et poussa un profond soupir.

– Non, hélas, je n'en ai point le talent, seulement ce qu'il faut de mémoire pour réciter des chants sacrés.

Il se pencha en avant:

– Puisque tu veux absolument savoir qui je suis, apprends que je suis druide et vis en ces lieux. Mais toi, qui es-tu, et comment t'es-tu perdu ici, au beau milieu d'une telle nuit?

Côme se rembrunit. Le druide ajouta:

– Tu sembles donc tenir davantage à ce cheval qu'à ta propre vie. Me trompé-je si j'affirme que tu n'es point marié et n'as descendance engendrée ? Que tu chevauches des heures ton étalon pour apaiser le tumulte incessant de tes sombres pensées ?

Troublé par cette remarque aussi pertinente qu'indiscrète, Côme ramassa à la hâte ses provisions.

– Je dois repartir, je n'ai déjà que trop tardé.

Il allait détacher Mélusine lorsqu'il se ravisa et se retourna :

– Comment diantre sais-tu qu'il s'agit d'un étalon ?

– Parce que, cette nuit, il est venu à moi et que je l'ai soigné.

Passée la stupeur, le seigneur de Plancoët laissa éclater son ire :

– Et c'est seulement maintenant que tu le dis ! Où est-il ? Que diable lui as-tu fait ?

Sans se départir de son calme, l'homme sans âge répondit :

– Ne cite jamais le prince des ténèbres, l'ange déchu, car il n'attend que cela pour prendre forme et se manifester. Quant à ton étalon, tu n'as qu'à l'appeler.

Après lui avoir noir regard lancé, Côme mit ses mains en porte-voix et héla de tous côtés :

– Bucéphale ! Bucéphale !

Las, l'animal ne se montra point et son maître se prit à penser que le druide, s'il en était vraiment un, s'était joué de lui. Comme s'il avait lu dans ses pensées, celui-ci se leva, ramassa un long bout de bois et en frappa plusieurs fois le sol en marmonnant des incantations. Quelques instants après, le bruit d'un court galop résonna et, surgissant du plus profond de la forêt, Bucéphale apparut. Côme était en proie à la plus vive émotion. Nul doute, il s'agissait bien de lui, avec sa noire silhouette reconnaissable entre toutes. Mais comme il secouait la tête, il constata avec horreur que la moitié de sa tête avait subi de graves brûlures. Voyant sa détresse, l'homme des bois précisa :

– Ne t'inquiète pas. Ses blessures sont bien plus superficielles qu'il n'y paraît et je lui ai prodigué les soins qu'il fallait.

Le cavalier s'avança doucement vers sa monture, mais celle-ci eut un brusque mouvement de recul et se mit à hennir et à marteler le sol de ses sabots. D'un ton amer, il observa :

– On dirait qu'il ne me reconnaît pas, et pis, qu'il a peur de moi !

Le druide s'approcha et posa sa longue main noueuse sur son épaule.

– Il n'en est rien. Il a été pris de terreur face au déchaînement des éléments. Confie-le moi deux lunes et viens nous retrouver ici-même, sous le dolmen.

Côme avait toutes les raisons de refuser l'offre de cet inconnu que d'aucuns eussent trouvé, à bon droit, inquiétant. Mais curieusement, il ressentit l'impérieux désir de lui faire confiance et accepta. Comme s'il n'avait jamais douté de cette décision, le druide intima :

– Maintenant, tu peux reprendre ton épée.

Côme hocha la tête en signe de dénégation.

– Je ne suis pas Arthur, je n'en ai ni l'étoffe ni la glorieuse destinée. Mais peut-être est-ce par ta seule volonté, héritier de Merlin, que je puis mon Excalibur retirer de son entrave ?

Le druide lui adressa large sourire :

– Non point ma volonté. Seulement la tienne, si tu y crois de toutes les forces de ton esprit.

Seule en sa vaste cuisine, Thérèse se rongeait les sangs. Nulle trace du seigneur de Plancoët depuis que ce dernier était parti en pleine nuit sur les traces de son maudit étalon ! Elle regrettait amèrement de ne pas s'y être opposée, car Dieu sait ce qu'il avait pu advenir. Outre son labeur quotidien pour la maisonnée, fort mal secondée en cela par l'impertinente Marion, Thérèse s'occupait d'Erwan qui pâtissait fort de ses nombreuses brûlures, dont certaines s'étaient infectées.

Nicolas semblait mieux se remettre que son sauveur, mais Ronan lui avait ordonné de garder le bras en écharpe. Le jeune palefrenier enrageait. Il se sentait tout à la fois inutile et se flagellait de n'avoir pu empêcher Bucéphale de fuir. Quant à la mort des trois chevaux, elle lui retournait l'âme. Dieu merci, grâce aux efforts de tous, l'essentiel du bâtiment des écuries avait pu être sauvé. Comme à l'accoutumée, Madeleine n'avait point pris de nouvelles de son fils, trop occupée par ses précieux canards, oies, poules et autres lapins. Le cœur gros, il pénétra dans les écuries. De sa seule main valide, il caressa doucement l'encolure d'Arsinoé, la jument alezane qui avait mis bas six mois auparavant, et dont le poulain venait de périr. De façon irrépressible, les larmes lui vinrent aux yeux avant de se transformer en lourds sanglots. Après qu'il se fut enfin calmé, il ôta le tissu qui entravait son bras, prit la tête du pauvre animal entre ses mains et le regarda droit dans les yeux :

– J'ai pas de mère, et toi, t'as plus de fils. Alors si tu le veux bien, j'serai celui qu't'as perdu et toi, celle que j'ai jamais eue.

La jument lui lança un regard si doux qu'il sut qu'elle avait compris et acceptait cette étrange filiation.

Des cris déchirants surgirent d'entre les bâtiments de la seigneurie. Chacun interrompit sa tâche et retint son souffle. Pour sûr, c'était l'Évangéline qui accouchait, car elle avait atteint, voire dépassé, le terme de sa grossesse. Certains se signèrent, d'autres s'agenouillèrent, adressant ardente prière à la sainte Vierge afin que le travail se passât au mieux. Tous avaient en mémoire les jumelles qui avaient trépassé quelques heures seulement après leur naissance. Un ultime hurlement déchira le silence, suivi d'un braillement.

Les bonnes gens se relevèrent et se dirigèrent à pas lents vers la dépendance de l'éleveur. Ils s'arrêtèrent devant la porte et attendirent, confits dans la communion de leur dévotion. Après un moment qui leur sembla interminable, Ronan, enfin, apparut sur le seuil. À la mine sombre qu'il affichait, l'assemblée redouta le pire. Levant lentement les yeux vers elle, il déclara d'une voix morne :

– C't encore un gars ! Jamais j'aurai d'fille !

L'inquiétude fit place au soulagement et des cris de joie retentirent. Ceux qui n'avaient pas eu d'enfants mâles ou les avaient perdus le raillèrent, arguant en riant qu'il valait mieux cela que l'inverse. L'on proposa d'organiser joyeux festoiement pour accueillir le nouveau-né. Seule Thérèse objecta qu'il fallait le retour du maître de céans. Comme s'il avait voulu lui donner raison, ce dernier apparut dans la majestueuse allée des chênes. Il rentrait sans Bucéphale. Relevant ses jupes, la grasse cuisinière courut au-devant de lui.

– Ah ! Seigneur Côme, deux jours et deux nuits qu'vous étiez parti ! Que j'suis aise de vous revoir sain et sauf ! Las, vous n'avez point retrouvé votre cheval ?

Pour la première fois de sa vie, le sieur de Plancoët lui mentit :

– Nenni. Mais je le crois toujours en vie, cet étalon est plein de ressources. Je continuerai mes recherches à l'aube du prochain lendemain, après avoir pris quelque repos. Mais dis-moi, pourquoi mes gens sont-ils tous réunis ? Un nouveau malheur serait-il survenu ?

Thérèse lui apprit qu'au contraire, un heureux événement venait d'égayer la seigneurie, laquelle en avait grand besoin après les épreuves des derniers jours.

Côme descendit de sa monture. Il s'avança vers Ronan, lui donna fière accolade et le félicita avec chaleur. S'adressant aux autres, il promit la ripaille espérée, et chacun se réjouit en saluant la prodigalité de leur seigneur. Thérèse, pourtant, demeurait inquiète et proposa à son maître de prendre bonne et solide nourriture. Il déclara être pressé de rejoindre son antre pour mettre de l'ordre dans ses affaires, mais elle rusa en lui mettant l'eau à la bouche avec son boudin aux oignons, agrémenté de pommes et châtaignes. En appétit et attendri par sa maternelle attention, il leva les bras en signe de reddition et la suivit en sa vaste cuisine. Un délicieux fumet en embaumait les lieux. Attablé, il dévora son assiettée qu'elle avait eu soin d'accompagner de son cru préféré. Il la remercia et, l'invitant à s'asseoir, lui tendit une timbale. Elle posa son imposant séant sur le banc, mais refusa le vin. Puis, le feu aux joues, elle se racla la gorge et avança :

– Bien l'pardon, seigneur, mais si vous l'permettez, j'aimerais vous causer.

Côme se raidit. Il ne se sentait pas l'humeur à le lui refuser, mais redoutait ce dont elle allait l'entretenir. D'un geste de la main, il l'invita à parler.

– Pendant les deux jours qu'vous étiez parti, j'ai pas pu fermer l'œil de la nuit. J'vous croyais mort dans c'te maudite tempête.

Il voulut sitôt l'interrompre, mais y renonça et la laissa poursuivre.

– Voyez l'Ronan et l'Évangéline, eh ben, ils viennent d'avoir leur quatrième gars, tandis que vous…

– Quoi, moi ?

Devant la rudesse inhabituelle du ton employé par son maître, la brave cuisinière frémit. Se tordant les doigts, elle osa nonobstant sa phrase achever d'une voix mal assurée.

– Las, vous n'avez pas de descendant et si vous aviez passé c'te nuit, c'est toute la seigneurie qu'aurait été orpheline !

Dans un sanglot, elle conclut :

– Et moi, jamais j'm'en serais consolée.

Telle une flèche droit lancée, cette dernière phrase atteignit Côme en plein cœur. Il savait l'attachement sincère et désintéressé qu'éprouvait la dévouée et fidèle Thérèse à son endroit. En ce matin d'été, il le découvrait plus fort encore qu'il ne l'avait imaginé. Ému, il prit ses grosses mains rouges entre les siennes et tenta de la rassurer :

– Eh bien, le vois-tu ? Je ne suis point mort, ni même navré. Je suis solide comme l'un des chênes qui ornent la lisière de notre beau domaine. Mais il est vrai qu'aucune femme n'a, jusqu'à ce jour, trouvé grâce à mes yeux.

D'un ton malicieux, il ajouta :

– À part toi, ma bonne Thérèse, mais tu refuses obstinément de m'épouser ! Bon, je vais m'adonner à quelques rafraîchissantes ablutions et me changer avant que d'aller travailler. À ce propos, ai-je reçu du courrier ?

Essuyant ses larmes à l'aide de son tablier, la cuisinière répondit :

– Nenni. Mais dès qu'il en arrive, j'vous le ferai de suite porter.

Le seigneur de Plancoët fut heureux de retrouver la sérénité de sa bibliothèque. Depuis sa rencontre avec le singulier personnage de la forêt, il brûlait d'en savoir plus sur les druides : origines, croyances, enseignement, rituels, sacrifices et autres us. En un mot, tout ce qui avait trait à cette étrange corporation.

Il se souvint qu'après avoir conquis la Gaule en 56 avant Jésus-Christ, Jules César lui-même avait été fort intrigué par le peuple celte et l'histoire de ses druides. Il se dirigea vers l'immense section consacrée aux illustres auteurs latins – et Dieu sait qu'ils étaient légion. Virgile, Pline l'ancien, Lucrèce, Ovide, Tite-Live, Cicéron, et son cher Sénèque dont la sagesse avait tant contribué à éclairer les limbes de son esprit et forger son âme. D'une main amoureuse, il caressa la tranche d'ouvrages, puis se rappela l'objet de sa quête : ceux du grand César. Celui qui l'intéressait au premier chef était *La Guerre des Gaules*. Quand il le trouva, Côme fut surpris par la modeste taille d'un tel livre. Elle s'expliquait par le style concis de l'auteur, homme de pouvoir et de guerre, habitué à se faire comprendre et obéir en peu de mots. Il en feuilleta les pages avant d'arriver au livre VI et ses chapitres dédiés à la si mystérieuse culture celte. Quoique brefs eux aussi, ils contenaient de fort intéressantes informations sur leurs coutumes, comme le fait par exemple, qu'ils mesuraient le temps non en jours, mais en nuits. Côme se rappela que l'homme de la forêt lui avait en effet donné rendez-vous « dans deux lunes ». Il poursuivit sa lecture et découvrit que les druides jouissaient d'un pouvoir considérable et d'un respect qui confinait à la vénération. Leur influence était si grande qu'on eût pu penser qu'elle dépassait celle des chevaliers habilités à les commander, et c'était parfois le cas. N'y avait-il pas eu l'histoire de Cathbad, ce puissant druide en face duquel le roi lui-même ne pouvait, sans son autorisation, s'exprimer le premier ? Leurs connaissances embrassaient d'innombrables domaines : religion, justice, astronomie, médecine et, bien sûr, éducation. Pas moins de vingt ans d'études et d'initiation attendaient ceux ou celles qui se destinaient à cette fonction sacrée, car les femmes étaient acceptées. L'enseignement ne se prodiguait que par voie orale et ce, comme l'avait justement noté Jules César, pour deux raisons : *primo*, ne point risquer de voir leur doctrine secrète divulguée au *vulgum pecus*. *Secundo*, obliger les étudiants à exercer leur mémoire en apprenant par cœur chaque parcelle du savoir immémorial qu'on leur transmettait. Mais ce qui intéressa Côme au plus haut point tenait en quelques lignes : « Ce qu'ils cherchent surtout à persuader, c'est que les âmes ne meurent pas, mais passent d'un corps dans un autre. Cette croyance leur semble particulièrement propre à exciter le courage, en supprimant la crainte de la mort. »

Côme se surprit à penser que pareille assertion avait dû ébranler celui qui était à la fois écrivain philosophe et homme de guerre. Si l'issue fatale qui attendait chaque être humain ici bas pouvait être questionnée, peut-être avait-il exhorté ses légions à combattre toujours plus bravement et ne rien redouter.

Les chapitres suivants, consacrés aux Germains, laissèrent Côme sur sa faim. Il se rappela alors que son père l'avait un jour entretenu sur un opuscule consacré à la société celtique. À l'époque, l'héritier des Plancoët n'en avait eu cure, passionné par les civilisations égyptienne, phénicienne et grecque qui lui semblaient autrement brillantes. Il revint vers l'imposante bibliothèque, chercha fiévreusement l'ouvrage et le trouva enfin. Ses fines pages rédigées en latin égrenaient surtout des dates, des noms de peuplades et les règles strictes qui les régissaient. L'organisation du pouvoir répondait à une idéologie tripartite : l'ordre sacerdotal possédant le savoir et administrant le sacré, l'ordre des guerriers commandant et régissant les affaires militaires, et l'ordre des agriculteurs et éleveurs subvenant aux besoins de la communauté entière.

Semblable ordonnance fit écho en sa mémoire, mais à quoi ? Subitement, une lumière traversa son esprit : Platon, bien sûr ! Et son mythe de l'homme d'or, l'homme d'argent et l'homme de bronze. La même exacte trilogie, mais symbolisée par les métaux précieux, comme dans l'art subtil de l'alchimie. Il reposa le livre et s'approcha de la fenêtre. Aussi loin que son regard le portait, il s'arrêtait toujours à l'orée de la majestueuse allée des chênes, que Côme contempla longuement. En grec, la traduction de chêne était *drus*. Le mot « druide » y prenait certainement racine. Il se promit d'en discuter avec celui qui prenait soin de son cher Bucéphale dans la forêt.

PHILIBERT S'EMPLOYAIT à remplacer les cierges des candélabres qui ornaient la paroisse de Plancoët. Le bedeau était épuisé. Il avait encore passé une nuit harassante avec cette gueuse de Marion. Il l'avait besognée à quatre reprises, certain qu'après cela, elle le laisserait enfin dormir. Peine perdue, la fieffée garce en réclamait encore ! Il avait grande envie de l'envoyer promener, d'autant plus que, depuis peu, il en pinçait pour une jolie rousse fort pieuse qui ne ratait jamais aucun office. Las, d'un ton sans réplique, le recteur lui avait ordonné de fréquenter la dévergondée de façon à ce qu'elle continuât de soustraire le courrier du seigneur Côme.

Justement, après des semaines de disette épistolaire, la Marion, triomphale, lui avait enfin apporté une missive. Philibert aurait dû sitôt la remettre à Bertrand Le Guennec, mais puisque ce dernier le traitait si mal, il décida pour l'heure de la conserver.

S'asseyant sur un banc de prière, il ôta délicatement le cachet qui scellait le parchemin, s'efforçant de ne le point briser, et l'ouvrit. Comme toujours, les mots dansaient devant ses yeux, telle une sarabande infernale, car le bedeau ne savait pas lire. Doué d'une prodigieuse mémoire, il donnait le change tant il savait par cœur les prières, oraisons et autres épîtres, qu'elles fussent récitées en français ou chantées en latin. Enfin « chantées », braillées plutôt, par les voix de crécelle de ces maudits paroissiens qui lui écorchaient les oreilles à chaque office ! Sauf ce dimanche béni où il avait entendu des notes cristallines s'élever vers la nef. Un chant si pur et si beau qu'il en avait eu les sangs retournés et avait bien failli pleurer. La voix émanait d'une jeune fille rousse prénommée Jacotte, et c'était ce jour-là qu'il en tomba secrètement amoureux.

Dans un soupir, il replia la lettre qu'il lui était impossible de déchiffrer, remit méticuleusement le sceau en place et fit disparaître le tout dans un pan de sa vareuse. Il se demandait une fois encore pourquoi l'épiscopat s'acharnait avec tant de hargne sur le seigneur de Plancoët. Certes, c'était un drôle de lascar qui préférait la compagnie de ses chevaux et de ses livres à toute autre. Mais il avait aussi réputation de se bien conduire avec ses gens, ne les battant jamais et les régalant avec générosité lors des fêtes carillonnées. Les âmes bigotes lui reprochaient surtout de ne s'être point marié. La belle affaire ! Peut-être n'avait-il nulle envie de s'encombrer d'une femelle acariâtre et d'une flopée de marmots pour le restant de ses jours ! Se levant lourdement du banc de pierre où il était assis, Philibert se dirigea vers la réserve de chandelles. Sans verser son obole, il en prit une, la plus belle à ses yeux, l'alluma et admira un long moment la flamme jaune qui s'élevait. Alors, il pria de toutes ses forces pour que Jacotte s'éprît de lui, en dépit de sa vile apparence et de la rugosité de ses manières.

Avant que de repartir pour la forêt, Côme s'en alla visiter Erwan. Toujours alité, l'infortuné était fort mal en point et lui adressa pâle sourire. Il s'inquiétait grandement pour les récoltes à venir, tâche qu'il ne pourrait accomplir pour la première fois de sa vie. Prenant sa main, le seigneur de Plancoët tenta de le rasséréner :

– Mon brave Erwan, cesse donc de te tourmenter. Ronan vient à l'instant de m'apprendre qu'il avait engagé des journaliers en sus qu'il dirigera à ta place. Le blé noir et l'avoine sont arrivés à maturité, en outre leurs grains n'ont pas trop pâti de la pluie. Il est donc temps de les faucher promptement. Quant à toi, ne songe qu'à ta guérison et, pour cela, tu dois bien reposer.

À l'aube du lendemain, en dépit des vives protestations de Thérèse qui lui avait toutefois préparé un bon bouillon et d'épaisses tartines de beurre, Côme enfourcha Mélusine et partit droit devant lui. Il lui tardait de retrouver son étalon, mais aussi de s'entretenir avec l'homme sans âge qui suscitait son plus vif intérêt. Il regagna sans peine son chemin, comme si ses pas étaient guidés par une force supérieure. Au bout de plusieurs heures, il atteignit le dolmen. Il fut surpris de n'y point trouver le druide.

Mettant ses mains en porte-voix, il décida de le héler, mais ne sut par quel nom l'appeler.

– Ohé ! Ohé !

Nulle réponse. Imaginant quelque nouvelle facétie, Côme s'approcha du chêne immense et, les yeux vers la cime, lança :

– T'es-tu encore réfugié au faîte de cet arbre ? Pourquoi m'avoir convoqué si ce n'est pour ne te point montrer ?

Il tendit l'oreille mais n'ouït que le doux bruissement du vent dans les feuilles. Soudain, un hennissement familier se fit entendre. Côme se retourna et vit Bucéphale qui s'avançait vers lui. Bouleversé, il n'osa geste esquisser. L'étalon vint d'un pas tranquille en dodelinant de la tête puis s'arrêta devant l'homme immobile qu'il contempla d'un œil doux. Avec toute la délicatesse possible, Côme tendit alors les bras et caressa son encolure. Comme Bucéphale se laissait faire, des larmes lui vinrent aux yeux : il avait bel et bien retrouvé son cheval, ainsi que le lui avait promis le druide. Mais où diantre était-il ? Se jouait-il de lui ou avait-il connu quelque fâcheux ennui ? Perplexe, il l'appela derechef. En vain. C'est alors qu'il remarqua le feuillage placé sous la selle.

C'était un rameau de gui d'un vert profond dont la tige avait été savamment tranchée en biseau. Nul doute, il s'agissait d'un signe de l'homme des bois, un message voire. Déçu, mais pressentant qu'il ne le verrait point ce jour, Côme décida de faire demi-tour, montant Mélusine tout en tenant son étalon par la bride.

Le trio progressait paisiblement à travers les buissons feuillus, hautes fougères et arbres centenaires. La lumière tombait en rayons obliques sur cet enchevêtrement végétal et le cavalier fut ébloui par tant de sérénité. Tout à coup, le bruit d'un galop l'arracha à sa rêverie et il arrêta sa monture. Il entendit le cheval ralentir son allure, la ramenant au trot, puis au pas, lequel se rapprochait de la clairière où il se trouvait. Une magnifique jument à la robe gris pommelé surgit. Côme leva les yeux vers son cavalier, qui s'avéra être une cavalière. Une femme d'une rare beauté. Aussi surpris l'un que l'autre de se rencontrer en un endroit si secret de la forêt, tous deux se jaugèrent sans parole prononcer. Il put à loisir contempler l'ovale parfait de son visage, ses yeux bleu ardoise et la blondeur de sa chevelure, ramassée en chignon sous un élégant petit chapeau. Elle montait en amazone et les pans de sa longue robe descendaient en cascade le long des flancs de sa jument.

D'un ton légèrement ironique, elle rompit enfin le silence :

– Eh bien, monsieur, biches, cerfs et loups exceptés, je ne m'attendais guère à croiser âme qui vive en ces bois où j'aime à me promener. Vous n'êtes pas familier de ces lieux, il me semble ?

Rassemblant ses esprits, il répondit :

– Non point, madame. J'étais parti à la recherche de mon cheval en fuite. Par bonheur, après d'ardentes recherches, je l'ai pu retrouver et le ramène chez lui.

La dame sourit et une exquise fossette creusa sa joue.

– Ainsi, vous vous apprêtez à ramener ce bel étalon en son domaine. Mais vous-même, où donc demeurez-vous ?

Conscient de l'incongruité de sa réponse, Côme précisa :

– Dans le château qui abrite son écurie et qui se trouve être mien. Mais veuillez pardonner ma bienséance défaillante. Je me nomme Côme de Plancoët et suis…

– … Le maître de la seigneurie qui porte votre nom. L'on m'a parlé de votre illustre lignée. Et nous partageons, je le crois, notre peu de goût pour les mondanités. C'est dire si nous avions peu de chances de faire connaissance, jusqu'à ce jour.

Désarçonné, il ne pût s'empêcher de souligner :

– Et pourquoi, madame, le croyez-vous ?

La belle inconnue se prit à rire :

– Mais parce que c'est l'entière vérité ! À chaque fête à laquelle vous êtes convié, vous déclinez par un billet exquis. N'ai-je point raison ?

Non sans amertume, Côme découvrait qu'en la contrée où il vivait, tout se savait et se répétait à l'envi. Or, il y avait certains secrets dont il ne voulait nullement qu'ils fussent divulgués. Il ne décela cependant aucune malveillance de la part de cette femme aussi séduisante qu'effrontée. Il tenta de mettre fin à l'entretien :

– Pardon, madame, mais je dois vous quitter, mon cheval a grand besoin de nourriture et de soins.

La dame regarda autour d'elle :

– Pour ce qui est de la nourriture, je pense qu'il y a là tout ce qu'il faut pour le régaler.

En effet, profitant de la halte, Bucéphale et Mélusine dévoraient les herbes grasses qui poussaient autour du tronc des arbres. La belle inconnue éclata de rire :

– Vous voyez ? Vos chevaux sont d'accord ! Nous devrions d'ailleurs les imiter, et je gage en cela que vos lourdes sacoches pourront y pourvoir. Je dispose également de quelques provisions. Seriez-vous aise de les partager ?

Rassuré par le bel appétit de son étalon et chatouillé par l'impertinence de la ravissante cavalière, Côme accepta et tous deux mirent pied à terre. La dame eut tôt fait de déployer une nappe sur un lit de mousse et d'y installer leurs communes denrées. Côme servit le vin que sa brave Thérèse avait eu soin d'ajouter et ils trinquèrent. Avant que de porter la timbale à ses lèvres, il s'enquit :

– Au fait, madame, je me suis présenté mais vous point. À qui ai-je l'insigne honneur ?

– Je me nomme Anne du Plessis et demeure à quelques lieues d'ici.

– Est-ce le nom de votre époux ?

Une fois encore, la jeune femme se prit à rire :

– Nenni, je ne suis pas plus mariée que vous ne l'êtes ! Il s'agit de celui de mon père. Avez-vous d'autres interrogations à mon sujet ?

Peu habitué à dialoguer avec des gens de sa condition, qui plus est appartenant à la gent féminine, Côme se racla la gorge avant que de répondre :

– En effet. N'avez-vous pas peur de vous promener seule en cette vaste forêt ? Ne craignez-vous pas d'y faire funeste rencontre ?

La dame but une lampée, puis le regarda.

– Exquis, ce vin. À ce que l'on entend, il semble infiniment plus dangereux pour la vertu des femmes de séjourner à la cour de Versailles ou d'être conviée à certains soupers organisés par notre dévoyé régent. Dans cette forêt, seuls les loups représentent un réel danger et je ne m'y aventure jamais après la nuit tombée, leur heure préférée.

Pour la première fois de sa vie, Côme se trouvait face à une aristocrate, indépendante, courageuse et pleine d'esprit. Il espéra furtivement que sa défunte mère eût pu lui ressembler.

Mais il était temps à présent de s'en retourner, et Côme la pria de l'excuser de devoir prendre congé :

– Madame, je dois vraiment partir, mais serais heureux de vous conduire jusqu'à votre domaine.

– Cela est fort courtois, mais j'ai grande habitude de ces bois et puis rentrer seule. Je ne vous demande qu'une chose, m'aider à me remettre en selle.

Détachant la jument, Côme l'approcha et lui tendit l'étrier droit. Elle eut un léger tressaillement, puis se reprit.

– Il se trouve, messire de Plancoët, que je suis gauchère.

– Quelle étrange coïncidence, moi aussi.

– Je le sais, je l'avais remarqué quand vous avez versé le vin. Ainsi, nous sommes deux à ne rien faire comme le commun des mortels.

Décidément, rien n'échappait à l'œil et l'esprit acérés de cette dame du Plessis. S'exécutant, Côme fit le tour de sa monture et lui présenta l'autre étrier. Avec autant de pudeur que de délicatesse, elle releva un pan de sa robe, révélant, sous son bas blanc, une cheville d'une exquise finesse. Dissimulant son trouble, Côme y cala son soulier, et d'une fière poussée, l'aida à se hisser. Une fois en selle, elle lui adressa gracieux sourire :

– Grand merci, messire. Nous nous reverrons bientôt, j'espère !

Avant même qu'il ait pu rétorquer, elle avait piqué des deux.

NICOLAS S'ÉTAIT presque entièrement remis de sa blessure à l'épaule. Certes, il conservait une raideur dans le bras droit, mais il avait pu reprendre l'essentiel de son travail aux écuries. Il venait de distribuer à chaque cheval son lot d'avoine et s'apprêtait à les bouchonner avec une bonne poignée de paille, lorsqu'il entendit ce hennissement qu'il aurait distingué entre tous. Il se rua hors la stalle d'Arsinoé, sortit au grand jour et déboula face à Bucéphale tenu en bride par le seigneur Côme.

– Ne t'avais-je point dit que je le ramènerais?

Tout à la fois soulagé et ivre de joie, le palefrenier s'approcha du fier animal. Il semblait en pleine santé, en dépit des vilaines traces de brûlures qui striaient la moitié de sa face. Levant les yeux vers son maître, Nicolas déclara:

– C'est un véritable miracle qu'vous l'ayez retrouvé! Il était sur la plage où vous aimez tant galoper?

Sans y réfléchir, le seigneur de Plancoët travestit une fois de plus la vérité:

– Oui, enfin, non loin de la grève. Mais le voici à présent, c'est tout ce qui compte!

Le palefrenier hocha la tête en signe d'assentiment :

– C'est que j'm'en suis tellement voulu de l'avoir laissé échapper ! S'il lui était arrivé malheur, jamais j'aurais pu m'le pardonner !

Côme nota qu'il employait les mêmes mots que Thérèse à son endroit et en fut touché. Mettant pied à terre, il lui donna chaleureuse accolade.

– Ce n'était nullement ta faute et tu as même risqué ta vie pour le sauver. Dieu merci, elle te fut épargnée. À propos, comment se porte Erwan ?

Nicolas se rembrunit :

– Pas ben fort, j'le crains, en dépit des bons soins d'la Thérèse qui n'épargne point sa peine. C'est pas lui qu'aurait dû se retrouver sur un lit de douleur, mais ben moi !

Il prit son visage entre ses mains et éclata en sanglots. Côme tenta d'apaiser sa détresse :

– Ce n'est la faute de personne, hormis ce maudit orage qui nous a causé tant de mal. Si d'aventure Erwan s'était retrouvé piégé à ta place dans les écuries, toi aussi aurais tout entrepris pour le sortir de cet enfer, n'est-ce pas ?

Confiant ses deux chevaux au jeune homme, il ajouta :

– Occupe-toi d'eux comme tu sais si bien le faire. Je m'en vais de ce pas visiter notre infortuné ami.

Gagnant la mansarde du métayer, il le trouva plus affaibli encore que le palefrenier ne l'avait annoncé. À moitié inconscient, il gémissait doucement et un écœurant remugle stagnait dans la pièce. Côme souleva délicatement le drap mince qui recouvrait le corps martyrisé, découvrant moult bandages de lin enduits d'onguents. Suivant ses prescriptions, la brave cuisinière avait bien fait son travail, mais n'avait pu, hélas, empêché l'infection de prendre ses quartiers délétères. Il se surprit à penser que l'insaisissable druide saurait exactement quoi faire pour le sauver, ou du moins l'apaiser, mais il n'avait aucun moyen de le faire quérir.

Émergeant des limbes de son sommeil fiévreux, le blessé s'agita et ouvrit les yeux. Dans un filet de voix, il s'adressa à la haute silhouette qui se tenait à son chevet :

– Ah, seigneur, vous êtes donc revenu ! Pardonnez-moi, mais j'crains de n'pas avoir la force de m'relever pour vous accueillir comme il se doit.

Pour mieux dissimuler son émotion, Côme se força à plaisanter :

– Point de cérémonie entre nous ! Que puis-je faire pour toi ? Te donner un peu d'eau fraîche ? Te mieux caler sur tes oreillers ? Ouvrir la fenêtre ? Dis-moi, je ferai tout ce qu'il faudra pour t'apaiser.

– Non seigneur, rien d'tout cela. Mais si vous voulez vraiment m'aider, y a ben une chose qu'vous pourriez faire.

Côme s'assit doucement au bord de son lit et prit sa main.

– Quoi donc, mon bon Erwan ?

Le malheureux planta son pâle regard dans le sien :

– J'sens bien qu'c'est la fin. Mes brûlures m'font cruellement pâtir et le souffle commence de me manquer. Alors, j'vous conjure d'abréger mes souffrances.

Côme ne put s'empêcher de se relever dans un mouvement brusque.

– Tu me demandes de te tuer ? Mais cela, au nom de Dieu, jamais ! Chasse cette pensée, malheureux !

– Vous savez ben qu'j'en ai plus que pour une poignée d'heures ou pis, quelques jours. Vous n'feriez qu'hâter Sa volonté.

De sa vie, l'héritier des Plancoët ne s'était retrouvé confronté à pareil dilemme. Il savait qu'Erwan disait vrai et que sa fin était imminente. Nonobstant, il ne pouvait se résoudre à accomplir un tel acte. Pressant fortement sa main, le métayer insista avec l'énergie du désespoir :

– Croyez-vous vraiment que l'bon Dieu veuille me voir souffrir davantage, alors qu'on nous serine à longueur de messe qu'il n'est qu'amour et compassion ? Point n'ai le courage de Son fils. J'vous supplie d'avoir pitié d'moi et d'faire c'que je vous ai demandé.

L'argument avait atteint sa cible. Après un instant de silence, Côme baisa la main du mourant qui comprit, à ce geste, qu'en dépit de son cas de conscience, son maître accepterait. Dans le regard qu'ils échangèrent alors, on put lire la profondeur de l'affection qui unissait les deux hommes.

Retenant ses larmes, Côme se saisit avec douceur de l'oreiller qui calait le dos de son fidèle serviteur et le lui appliqua fermement sur le visage. Quelques légers soubresauts, puis tout fut fini.

Dans la nuit qui s'ensuivit, il ne parvint à trouver le sommeil.

Les funérailles eurent lieu le surlendemain dans la chapelle familiale de l'aile ouest du château. Tous les habitants de la seigneurie se serraient les uns contre les autres afin de se mieux réconforter. Après que le recteur Bertrand Le Guennec, mandé pour l'occasion, eut célébré brève messe de requiem, le seigneur de Plancoët prononça vibrante oraison. Il salua la mémoire d'un homme droit et travailleur, rendit hommage au courage qui l'avait guidé et animé tout au long de son existence, jusqu'à sa mort aussi tragique qu'héroïque. Puis le timbre lent et lugubre du glas résonna, invitant l'assistance à sortir en silence et partager la collation servie dans la cour pour honorer la mémoire du défunt.

Malgré le chagrin qui l'accablait, Thérèse, épaulée par une Marion plus émue et appliquée qu'à l'accoutumée, ainsi que par plusieurs femmes du domaine, avait préparé des mets simples mais abondants. Sur l'ordre du seigneur de Plancoët, plusieurs tonneaux avaient été mis en perce, et chacun se réconforta à l'aide du petit vin blanc issu des vignes que Côme possédait en Vendée. Verre et gamelle de salaisons en main, tous se remémoraient un trait piquant du disparu. Son penchant invétéré pour la bouteille, sa voix de basse qui entonnait si bien les chants de la Noël, sa légendaire gentillesse avec les marmots, sa dévotion pour son labeur et le vent qui parcourait les champs de blé. On maudissait l'orage et l'incendie qui avaient causé son trépas, mais remerciait la miséricorde du bon Dieu qui l'avait rappelé à lui en abrégeant ses atroces souffrances.

Ce entendant, Côme avait ressenti vif malaise, tant le souvenir de l'acte qu'il avait commis le hantait. Certes, il l'avait accompli en réponse à la supplique d'Erwan, mais continuait à s'interroger sans cesse quant à sa justesse. Il chercha Nicolas du regard, introuvable depuis la cérémonie religieuse. Côme eut l'intuition que le jeune palefrenier s'était réfugié aux écuries, incapable de prendre part à la moindre agape qui célébrait le sacrifice de l'homme qui l'avait toujours protégé et lui avait sauvé la vie.

Il s'apprêtait à l'y rejoindre, lorsqu'il se retrouva nez à nez avec Bertrand Le Guennec. Comme le voulait l'usage, le recteur s'inclina devant le seigneur et hôte des lieux. Ce dernier l'invita vivement à se redresser, arguant qu'il ne méritait point tant de cérémonie. Il lui offrit le verre qu'il destinait à Nicolas. Le recteur accepta, trinqua et remercia sobrement.

Côme sentait bien que l'homme d'Église ne l'aimait guère, sans doute parce qu'il n'assistait que très rarement aux offices et autres fêtes saintes, préférant de loin l'intimité de sa propre chapelle. Il devait donc passer pour fort mauvais chrétien. Tentant de briser la glace, il s'évertua à tenir aimable propos :

– C'était belle messe de requiem que vous avez prononcée. Elle nous a tous grandement réconfortés après le malheur qui s'est abattu sur notre contrée.

Tout en contemplant son verre comme s'il pouvait y lire quelque secret, le recteur répondit :

– Je vous remercie. J'eusse cependant préféré la célébrer en notre modeste paroisse, comme le veut la coutume. Après tout, votre regretté métayer ne faisait pas partie de votre noble famille et ne pouvait prétendre à si grand honneur.

Côme goûta peu cette remarque et ne put s'empêcher de rétorquer :

– À mes yeux, si. D'autant plus que, vous n'êtes pas sans l'ignorer, j'ai perdu tous les membres de la mienne. Erwan n'était point de mon sang, mais il était de mon cœur. À l'instar de Notre Seigneur Jésus-Christ, je place la valeur d'un être bien au-delà de sa condition.

Piqué, Bertrand Le Guennec haussa légèrement le ton.

– Vous comparez-vous à Lui ?

– Point n'ai cette outrecuidance. Mais j'essaie de suivre Ses préceptes, même si je n'y arrive, hélas, que trop rarement.

Après pesant silence, le recteur s'inclina de nouveau :

– Il se fait tard, et je me dois de prendre congé pour rédiger mon prochain sermon qui aura pour thème l'humilité. Merci pour votre hospitalité.

Côme observa la noire silhouette qui s'éloignait dans la brune. Elle lui faisait songer à un celle d'un corbeau de mauvais augure et un frisson lui parcourut l'échine. S'emparant d'un cruchon de vin, il se rendit enfin aux écuries, mais n'y trouva point Nicolas. Tout était en ordre. Les chevaux avaient été bouchonnés, la paille de leur litière changée, l'avoine et l'eau servies en abondance. Il regagna la cour, car il se devait à ses gens.

Après sa rencontre avec le sire de Plancoët, Anne du Plessis avait rejoint sans encombre son château. Dès qu'un valet l'eut aidée à descendre sa chère jument, elle fut accueillie par Méréal, le vieux majordome, qui lui tendit sa canne.

– Me voilà bien aise de votre retour, mademoiselle ! Vous savez à quel point monsieur le comte est soucieux lorsque vous partez seule pour de si longues chevauchées. Oserai-je humblement ajouter que moi aussi ?

Tout en s'appuyant sur l'épaule du fidèle serviteur, la jeune femme se mit à rire :

– Vous savez fort bien que mon père s'inquiète pour un rien. Le changement d'orientation subite du vent, la formation de vol de certains oiseaux, la mort inexpliquée de l'une de ses abeilles, et encore mille autres signes dont je vous épargne la liste ! Grands Dieux, si j'écoutais chacune de ses craintes, je vivrais recluse, ce qui serait pour moi bien pis que la mort.

Le domestique opina du chef :

– Il est vrai. Mais en l'occurrence, n'avait-il point raison de s'alarmer le jour où vous fîtes cette terrible chute de cheval qui vous a laissée presque sans vie et la jambe brisée ?

À cette seule évocation, Anne du Plessis se renfrogna. Dans les fréquents cauchemars qui peuplaient ses nuits, elle revivait sans cesse cette funeste journée.

Deux ans auparavant, partie de bon matin, elle avait parcouru au grand galop les champs, bois et forêts qui bordaient l'immense domaine appartenant à son illustre famille. Jamais elle ne s'était sentie à ce point libre, heureuse et vivante. Un vent chargé des puissants arômes d'été caressait son visage, enchantait son odorat. Elle ne faisait plus qu'une avec sa monture, fermant parfois les yeux pour mieux savourer cette course échevelée.

Jusqu'à ce choc brutal qui la fit chuter.

De l'accident, elle n'avait que partielle souvenance. Sa mémoire malmenée ne lui rapportait que de fugaces impressions : le parfum de l'herbe, le chant ininterrompu d'un coucou, l'odeur mêlée de la terre et du sang qui maculait son visage, le froid implacable qui envahissait son corps. Et cette envie irrépressible de s'abandonner au sommeil qui la gagnait tout entière, en dépit de l'atroce douleur qui écrasait sa jambe et comprimait son cœur. Avant que de sombrer, elle avait entrevu le visage d'un homme mûr penché sur le sien. D'une voix apaisante, il l'avait enjointe de ne point s'alarmer, il allait lui prodiguer les soins indispensables. Elle avait cligné des yeux en signe d'assentiment, tant le regard de cet inconnu, pourtant à moitié nu, lui avait inspiré confiance.

Deux jours après son inquiétante disparition, les gens de sa maison, qui, en vain, avaient organisé moult battues, l'avaient vue revenir allongée à demi consciente sur sa monture, pour leur plus grand soulagement. Mandé en hâte, le chirurgien avait constaté une triple fracture et noté qu'elle avait été savamment réduite par une attelle sophistiquée confectionnée à l'aide de différents végétaux. Il indiqua au père de la blessée que, sans cet habile dispositif, le membre aurait gangréné et qu'il aurait probablement fallu le sacrifier afin de sauver la vie de sa fille. Tout en rassemblant ses instruments, il confia son étonnement :

– Suite au choc provoqué par sa chute et l'état de langueur dans lequel elle devait se trouver, jamais mademoiselle votre fille n'aurait pu élaborer elle-même un tel appareillage. Quelqu'un se trouvant dans les bois s'en est donc chargé. Mais qui, et pourquoi ? Tout cela est fort étrange et j'espère qu'il n'y a point sombre affaire de sorcellerie derrière.

Avant de se retirer, il délivra ordonnance de potions destinées à atténuer les souffrances de sa patiente et l'aider à trouver le sommeil. Il précisa toutefois que la blessure était si grave que la jeune femme claudiquerait sa vie durant, si d'aventure elle parvenait à remarcher, ce dont il semblait douter.

Après le départ de l'homme de l'art, le père éploré avait veillé sa fille jour et nuit, délaissant ses ruches pour ne se consacrer qu'à son unique enfant. Vainement, il l'avait interrogée quant à son accident et l'intervention providentielle de l'inconnu qui l'avait sauvée, mais, à son grand dam, elle lui déclara n'en conserver nul souvenir.

Dans les semaines qui s'ensuivirent, à force de farouche volonté, Anne du Plessis avait réussi à se mettre debout et faire quelques pas hasardeux grâce aux cannes spécialement confectionnées par un artisan menuisier. Elle chutait souvent, se relevait toujours, malgré la douleur physique et celle, plus terrible encore, du sentiment de sa déchéance. Elle ne pleurait jamais en présence de son père, de crainte d'inquiéter davantage le brave homme dont les épaules s'étaient voutées et les cheveux avaient prématurément blanchi. Seul Méréal était parfois témoin de sa détresse. Le fidèle majordome veillait sur elle comme l'eût fait une mère, mais connaissait par trop son caractère pour se permettre une simple remarque. Il ne cessait au contraire d'encourager ses progrès, qu'il consignait soigneusement dans un petit carnet :

– Rendez-vous compte, mademoiselle Anne, la semaine dernière, vous n'atteigniez pas le massif de roses, tandis qu'aujourd'hui, vous dépassez le parterre où s'épanouissent nos somptueux hortensias bleus.

Elle s'était arrêtée net et avait eu un rire sarcastique.

– Belle prouesse en vérité. Je m'en vais sitôt la conter à tous les héritiers de Bretagne !

Elle se mit à crier :

– Oyez, oyez jeunes gens, réjouissez-vous et admirez ! La petite boiteuse a, ce jourd'hui, réussi l'immense exploit de parcourir plus d'une centaine de pas ! À ce rythme, elle sera en mesure de danser la gigue avant ses trente ans, mais je gage qu'aucun de vous n'osera convier à l'un de vos bals une femme si âgée.

Lâchant ses cannes, elle avait enfoui son visage entre ses mains et éclaté en sanglots. Pétrifié par son désarroi, Méréal était impuissant. Il attendit que le flot de ses pleurs ne s'endiguât enfin et lui tendit la main.

– Mademoiselle Anne, si je puis me permettre, je vous trouve plus brave encore que nos meilleurs soldats qui se sont tant battus auprès de feu notre roy. Je ne dis pas cela pour adoucir votre amertume, mais bien parce que je le pense sincèrement.

Loin de la réconforter, ces propos n'avaient qu'attiser son ire :

– Peu me chaut d'être courageuse ou couarde à vos yeux! J'ai dix-sept ans, je suis irrémédiablement infirme, et aucun homme ne voudra jamais m'épouser par crainte de devenir la risée de sa famille et de son entourage. Ah! que ne suis-je morte ce jour-là!

Sortant de son habituelle réserve, Méréal l'avait saisie par les épaules et secouée comme un prunier.

– Je vous interdis de dire cela! Par le Christ, vous ne savez pas ce qu'est la mort et ne l'avez jamais côtoyée d'assez près. J'ai tous mes enfants perdus, serré dans mes bras des compagnons d'armes défigurés agonisant au combat, leurs membres déchiquetés, leurs viscères répandus. Croyez-moi, la mort peut revêtir de bien hideux visages que vous ne soupçonnez point.

Suite à cette outrecuidance, il s'était attendu à ce que la jeune fille ne le giflât et s'en allât demander à son père son renvoi immédiat. Il n'en fut rien. Elle demeura frappée de stupeur avant de se jeter dans ses bras en pleurant comme l'enfant qu'elle était encore. Quand elle se fut ressaisie, elle avait levé vers lui un tout autre regard :

– Vous avez raison et j'ai honte de la conduite qui fut la mienne au cours de ces dernières semaines. Auriez-vous l'obligeance de me tendre de nouveau votre bras le temps qu'il faudra, afin de gagner jour après jour une victoire, si modeste soit-elle ?

Masquant son émotion, le vieux majordome répondit :

– Cela sera pour moi un honneur et un défi que nous relèverons quotidiennement. Mais permettez-moi de vous dire encore ceci : vous n'avez jamais été une enfant ni une demoiselle comme les autres. En conséquence, aucun homme ordinaire, fût-il de haute naissance, ne saura vous mériter. Seul un esprit éclairé saura discerner qui vous êtes en réalité et c'est de cet homme-là que vous vous éprendrez. Le destin, pour le reste, vous mettra dans ses pas.

La jeune femme médita un instant ces paroles.

– Je puis à peine me déplacer, mais je gage que dans quelques semaines, je serai en mesure de remonter en selle, ce qui soulagera ma jambe et m'aidera à fortifier mes muscles. Ce jour-là, je repartirai dans les profondeurs de la forêt retrouver celui qui m'a sauvé la vie pour l'en remercier. Et surtout comprendre pourquoi il ne s'est plus manifesté.

En cachette du comte son père, retourné à l'étude de ses fleurs, plantes et chères abeilles, et en dépit des réticences du vieux majordome, elle tint sa promesse moins de un mois après leur conversation. Et durant les deux années qui suivirent, elle arpenta la forêt en tous sens, à chaque saison, bravant le froid, la chaleur et parfois la peur, quand elle entendait les cris d'une meute de loups qui semblait la suivre ou la précéder. Mais jamais, lors de ses escapades, elle n'avait croisé le mystérieux homme des bois.

NU COMME S'IL VENAIT de naître au monde, celui qui avait depuis bien longtemps renoncé à son nom de baptême pour prendre celui de l'illustre Cathbad se préparait à célébrer les quatre éléments primitifs, piliers de tout être vivant. À l'aide d'une branche idoine, car il ne devait en rien modifier ni la taille ni la forme d'un végétal, il avait tracé sur le sol les carrés magiques qui les représentaient : la terre, l'air, l'eau et le feu.

Ayant réuni un imposant fagot de bois, il l'enflamma au moyen des silex qui jamais ne le quittaient, et souffla sur les braises pour hâter la combustion. Il attendit que les flammes s'élevassent haut vers le ciel avant que d'y verser une coupelle d'eau qu'il avait prélevée dans une source secrète de la forêt. Le feu crépita, mais ne s'éteignit point. Les quatre éléments ainsi réunis, il put communier avec les forces telluriques et déclamer :

– Le feu est la vie. Qui brûle vit. Qui laisse éteindre le feu sombre dans la nuit.

Il veilla et alimenta le brasier des heures durant, tout en méditant sur le sens des paroles sacrées qu'il venait de prononcer.

Des années auparavant, après de nombreux questionnements et d'effrénées recherches, celui qui s'appelait encore Gervais avait entrepris un long voyage jusqu'à la forêt des Carnutes pour, l'espérait-il, y recevoir l'enseignement dispensé à celles et ceux qui aspiraient à devenir druides.

À l'époque de Jules César, ce lieu légendaire avait donné son nom à la plus grande ville qui le jouxtait : Carnutum, laquelle, des siècles plus tard, était devenue Chartres. Avant de quitter son village natal, il s'était longuement entretenu avec Agdal, le vieux rebouteux qui vivait en ermite dans sa cahute battue par les vents. Pour certains, il était un saint guérisseur, pour d'autres, un authentique suppôt de Satan dont on ne pouvait prononcer le nom sans se signer par trois fois en tremblant. Mais pour Gervais, qui le voyait en secret, il incarnait celui qui lui avait ouvert la porte de l'univers des druides, de leurs us, mystères et connaissances innombrables.

Dès lors, il n'avait eu de cesse que de rencontrer un *guyon*, car tel était le nom que l'on donnait aux instructeurs. Comme il ne disposait pas du moindre sou vaillant pour financer son hasardeux périple, le jeune homme avait fait tous les métiers. Il avait loué ses bras au moment des moissons ou des vendanges. Il avait abattu des arbres, coupé et ramassé nombre de stères, afin que le bois ne manquât point dans les foyers qui redoutaient chaque hiver la catastrophe de 1709. Il avait également accompli quelques actions moins avouables quand travail et argent venaient à manquer. Dans des bouges et autres douteuses tavernes, il s'était adonné au jeu, misant les restes de son maigre pécule aux dés ou au pharaon. Il gagnait souvent à la régulière, mais trichait aussi, tant son but primait toute autre considération. Quand certains joueurs s'en étaient aperçus, ils n'avaient pas hésité à le rouer de coups, le chasser et le menacer du pire s'il s'avisait de revenir. Alors, Gervais décida de fuir la compagnie des hommes et s'en remettre à la seule protection de la forêt pour lui prodiguer abri et nourriture.

Après quelques semaines de cet austère régime, il avait perdu près de vingt livres, mais appris à fortifier son corps et aguerrir son esprit. Enfin, à l'aube d'un clair et froid matin de janvier, il vit au loin deux flèches dressées dans le ciel : celles de la cathédrale de Chartres. Alors il sortit de sa chausse le parchemin sur lequel il avait noté les précieuses indications dictées par Agdal : « Quand tu apercevras les flèches sacrées, mène tes pas vers le levant, enfonce-toi sans peur dans les profondeurs de la forêt des Carnutes et marche une lieue et demie jusqu'à une clairière. Là, tu te reposeras et attendras qu'un *guyon* ne se manifeste. Il te posera maintes questions quant au sens de ta quête et sondera la sincérité de ton engagement. Ne triche jamais, il s'en rendrait compte aussitôt et te bannirait. »

Ayant scrupuleusement obéi à ses préceptes, Gervais atteignit la clairière sous les rayons du couchant qui perçaient encore à travers les branchages.

Sous l'effet du froid, chaque arbre, arbuste, plante ou brin d'herbe s'était paré de givre, comme si l'hiver avait tissé une fine dentelle blanche sur le monde végétal. Et il fut fasciné par la beauté des effets du gel, si rare dans sa natale Bretagne bercée par un climat océanique. Frissonnant soudain, il prit conscience qu'il ne disposait plus que de quelques heures pour se confectionner un abri sûr pour la nuit. Scrutant autour de lui, il distingua un chêne de haute taille dont les branches favorisaient l'ascension. Parvenu à mi-hauteur, le jeune homme y installa un hamac de fortune en tendant et fixant les pans de son long mantelet. Son estomac lui rappela qu'il devait prendre quelque nourriture. Il dévora la moitié d'un pain acheté dans une ferme croisée sur sa route, et bu à même sa gourde de peau le lait d'une chèvre qu'il avait traite dans un champ. À moitié repu, recroquevillé dans son couchage de fortune, Gervais se prépara à une longue nuit de veille, à l'affût du moindre bruissement. Bien vite pourtant, fatigue et froid l'engourdirent. L'aube le trouva transi, mais plein d'espoir quant à la rencontre qu'il espérait et allait déterminer sa destinée.

Las, sept jours s'écoulèrent sans qu'il eût vu âme qui vive et il commençait d'accroire qu'Agdal s'était joué de lui ou, tout bonnement, trompé. À l'aube du huitième jour, ayant épuisé toutes ses ressources et taraudé par une faim de loup, Gervais, aussi furieux qu'amer, décida de lever le camp. C'est alors qu'il entendit des bruits étranges qui se déplaçaient droit dans sa direction. Une sorte de pesant galop assorti d'inquiétants grognements. Comme il n'avait pas le temps de regrimper dans son arbre ni de saisir une branche pour se défendre, il se figea, en fermant les yeux. Quand il les rouvrit, une bête monstrueuse se trouvait face à lui. Un sanglier gigantesque dont le groin, gros comme un poing, était cerné d'imposantes défenses qui luisaient au soleil. Le jeune homme comprit alors que sa dernière heure venait de sonner. Dès que la bête chargerait, il tomberait à terre et se ferait étriper. Il sentit une chaleur subite s'écouler de son bas ventre car il venait d'uriner. Alors, Gervais écarta les bras en signe de reddition et, tombant à genoux pour lui faciliter la tâche, il espéra qu'ainsi, l'assaut et le coup de grâce viendraient plus promptement. Mais le cochon sauvage n'en fit rien. Il le regarda dans les yeux, puis s'en retourna à pas lents, comme s'il l'invitait à le suivre. La voix d'Agdal résonna alors en sa mémoire : « Ceux que l'on nomme *Esras* sont les plus évolués des druides. Ils ont le pouvoir d'habiter un corps animal pour se mouvoir à travers lui. Ils privilégient trois espèces symboliques : les corbeaux pour voler dans le ciel, les saumons pour nager dans les rivières, les sangliers pour parcourir la forêt. »

Abandonnant ses maigres affaires, Gervais emboîta le pas de la bête. Après une heure de marche, ils débouchèrent sur une petite clairière bordée par un amas de roches qui abritait une source gelée. Le sanglier, marquant un temps d'arrêt, la considéra une dernière fois avant de disparaître. Perplexe, le jeune homme ne savait que faire. Comme sa gourde était vide et qu'il se mourait de soif, il brisa une stalactite qu'il se mit à sucer avec avidité. Aussitôt, une voix retentit :

– Tu n'aurais pas dû faire cela. Tu viens de rompre l'harmonie d'une source sacrée.

Gervais sursauta, mais il eut beau se tourner de tous côtés, il ne vit personne. Le cœur battant, il lança :

– Qui a parlé ? Où donc êtes-vous ?

– Ici et partout. Cela dépend.

– De quoi ?

– De toi. Que viens-tu faire en ce lieu, à part profaner cette source ?

La gorge sèche, il répondit :

– J'ignorais qu'il ne fallait point y toucher et en suis fort marri. C'est que j'avais grand-soif et…

– Après une semaine entière passée seul à grelotter dans la forêt, je sais. Mais je réitère ma question : qu'es-tu venu faire en ce lieu et que veux-tu exactement ?

Pris d'un soudain malaise, tant il se sentait faible, Gervais éprouva l'impérieux besoin de s'asseoir sur une branche, mais n'osa pas, de crainte de commettre un nouveau sacrilège. Rassemblant ses ultimes forces, il déclara :

– Dans mon lointain village du nord de la Bretagne, un vieux rebouteux m'a parlé des druides et leurs infinis savoirs. J'ai entrepris ce long voyage pour recevoir leur enseignement. C'est lui qui m'a indiqué le… la…

Comme il était sur le point de se pâmer, la voix intima :

– Étends-toi sur ce lit de mousse et repose-toi.

Ce fut la douce chaleur d'un feu qui l'éveilla. Tous ses sens étaient endoloris et il se demanda combien de temps il avait dormi. Ouvrant grands les yeux, Gervais découvrit qu'il reposait dans une grotte aux parois abruptes, dont certaines étaient ornées de coquillages. Une haute silhouette vêtue d'une tunique blanche s'approcha et lui tendit un bol de bouillon, qu'il but d'un trait. Levant les yeux vers celui qui était, à n'en point douter, un druide, Gervais se rendit compte, non sans surprise, qu'il s'agissait d'une femme. Comme il gisait nu sur une litière de paille, il attrapa sitôt une poignée de foin afin de dissimuler son sexe. Fort gêné, il s'enquit :

– Pourquoi avoir ôté tous mes vêtements ?

– Tu étais glacé jusqu'à la moelle des os. Il fallait donc que le feu puisse te réchauffer au plus profond de ton être. Tu as déclaré vouloir recevoir le savoir sacré. Avant que de décider si tu en es digne, je voudrais connaître les intentions véritables qui t'animent.

La destinée de Gervais se jouait en cet instant crucial. Conscient qu'il touchait du doigt son rêve, il se récita les ultimes paroles d'Agdal : « Il faut que tu saches encore que les druides obéissent à un précepte sacré qui se résume en cette simple phrase : *Celui qui cherche la toute-puissance ne la trouvera jamais. Celui qui cherche la sagesse la possède déjà.* »

Alors, fermant les yeux et prenant grande inspiration, il affirma :

– La beauté et la vérité, car je crois qu'elles ne sont qu'une.

La druidesse hocha la tête et ordonna :

– Vêts-toi et suis-moi.

Ainsi débuta l'initiation de Gervais, une initiation qui devait durer près de vingt ans.

QUELQUES SEMAINES après le dramatique incendie des écuries, la seigneurie de Plancoët semblait avoir recouvré son paisible cours.

Et chacun avait fort à faire en cette fin d'été. Grâce à Ronan, sarrasin et avoine avaient été fauchés, ramassés, égrenés ou mis en bottes, puis remisés dans les granges afin de constituer les réserves de l'hiver. Les abricotiers, pruniers et autres pêchers avaient produit en abondance et Thérèse faisait mijoter sans relâche confitures et gelées. Les branches lourdes des pommiers, poiriers et cognassiers promettaient belle récolte, laquelle, si Dieu le permettait, se ferait dès le début de l'automne. Seul Nicolas demeurait inconsolable du trépas d'Erwan. Maintes fois, Côme avait échoué à trouver les mots pour apaiser les tourments de son âme.

À l'aube d'un matin clair, débarquant dans la cour où se trouvait déjà, comme toujours, Bucéphale harnaché, il dit au palefrenier :

– Va chercher Arsinoé, mais ne la selle point. Aujourd'hui, tu vas la monter à cru et m'accompagner.

Passée la stupeur, le jeune homme se récria, arguant qu'il connaissait bien les chevaux, mais ne savait point les monter. Tout en enfilant ses gants, Côme répondit :

– Justement, il est temps que je t'enseigne cet art, car c'en est un.

Côme alla d'abord au pas, puis au petit trot jusqu'à la plage, en évitant savamment les terrains difficiles et les nombreux obstacles qui jalonnaient le parcours. Tenant Arsinoé en longe quelques mètres derrière Bucéphale, il se retournait fréquemment pour vérifier l'assiette de Nicolas. Le visage crispé, celui-ci faisait de son mieux pour ne point choir, mais bringuebalait car il ne parvenait à épouser l'allure de la jument. Ce constatant, Côme arrêta l'équipage d'une seule main et s'en revint vers son élève :

– Écoute-moi bien et n'oublie jamais ce que je vais te dire : ta position est mauvaise car l'appréhension te fait courber l'échine. Tu subis la cadence de ta monture comme un sac de noix mal arrimé sur le dos d'une mule qui se rend au marché. Lorsque l'on monte à cru et que l'on ne dispose point de l'appui des étriers, il convient de se tenir parfaitement roide, les jambes au plus près les flancs du cheval. Relève aussi le menton pour regarder droit devant toi et fixer l'horizon. As-tu bien ouï ? Maintenant, poursuivons. Nous ne sommes plus loin de la plage.

Toutefois, avant que de l'atteindre, Nicolas tomba à trois reprises. Après chaque chute, il se relevait bravement, prenait son élan et sautait sur le dos d'Arsinoé qui l'attendait avec indulgence. Enfin, l'immense grève se déploya sous leurs yeux. Côme stoppa net la petite troupe et s'adressa à l'apprenti cavalier :

– À première vue, il semble que tu n'aies pas un talent inné pour l'art équestre. En revanche, bien je le sais, tu en as un pour t'occuper des chevaux et leur parler. Alors, tu vas l'utiliser pour demander humblement à ta jument de t'aider, car nous allons nous mettre au galop.

Pétrifié, le jeune homme s'écria :

– Galoper ? Alors que je suis incapable de trotter ?

– C'est pourquoi je suis certain que cette allure te siéra mieux, à condition que tu fasses ce que je te dis.

Après quelques instants, Côme lança :

– Donne une bonne pression de tes cuisses sur ses flancs. Allons !

Les chevaux s'élancèrent de concert vers la mer. En parfaite harmonie avec Arsinoé, Nicolas exultait et, pour la première fois depuis l'incendie, il se sentait heureux. Quand sa jument dépassa Bucéphale, il ne put s'empêcher de pousser immense cri de joie et, au grand dam de Côme qui craignait une nouvelle chute, lâcha les rênes et leva les bras vers le ciel. Cavalier et monture entrèrent de plein fouet dans l'océan et le palefrenier se trouva précipité dans les vagues. Ce voyant, Côme descendit de son étalon à la lisière du ressac, se jeta dans les flots et récupéra *in extremis* le fol imprudent qui commençait de se noyer. Il le traîna jusqu'au rivage et entreprit de lui faire cracher l'eau entrée dans ses poumons. Las, le corps de Nicolas était inerte. Enfin, ce dernier eut une convulsion, se mit à tousser comme un perdu et rendit l'eau de mer à grands jets. Le cœur encore battant, Côme ne put s'empêcher de hurler :

– As-tu perdu la raison ? Tu as bien failli y passer !

Loin de s'offusquer, Nicolas afficha radieux sourire et, entre deux quintes, répondit :

– Seigneur, vous m'avez appris à mettre un cheval au galop et à rester sur son dos, mais pas à l'arrêter. En vérité, vous venez de me faire le plus beau cadeau de ma vie.

Face à tant de candeur et de sincérité, Côme fut ému. Les deux hommes éclatèrent de rire et s'étreignirent comme l'eussent fait deux frères. Trempés et couverts de sable, ils se remirent debout et reprirent en mains les rênes de leurs montures. D'un ton faussement sévère, Côme ordonna:

– Assez d'émotions pour aujourd'hui. Cette fois, tu vas rester derrière moi et nous allons rentrer au pas. Quand Thérèse verra dans quel état nous sommes, je gage qu'elle me sermonnera d'importance et j'en frémis d'avance.

Contrit, Nicolas hasarda une requête:

– Seigneur, j'peux vous demander une ultime faveur?

– Il me faut pour cela l'entendre d'abord. Quelle est-elle?

– Si vous vouliez ben m'apprendre un jour à nager.

Moins de deux heures plus tard, ils arrivèrent à la seigneurie. Le jeune palefrenier regagna sitôt les écuries pour rincer les chevaux à l'eau claire, les bouchonner à l'aide de paille fraîche et les nourrir, avant que de s'occuper des autres pensionnaires.

Comme il s'y attendait, après s'être lavé et changé, l'héritier des Plancoët dut affronter les foudres de sa cuisinière. Face courroucée et poings sur les hanches, cette dernière l'attendait sur le seuil.

– *Ma doué benniget*! Vous voulez donc qu'je périsse à force de m'faire du mauvais sang? Quelle idée aussi qu'vous avez eue d'emmener l'Nicolas pour lui apprendre à se rompre les os?

Tout en continuant à grommeler, elle revint à son feu et servit à Côme le repas qu'il souhaitait prendre dans la cuisine. Une fois régalé d'une galette de sarrasin aux œufs et à la poitrine grillée arrosée d'une bolée de cidre frais, il s'enquit :

– Ma bonne Thérèse, ai-je enfin reçu du courrier ?

Un brin radoucie, la cuisinière se frappa le front et fouilla dans les pans de ses jupes :

– Oui-da et pas plus tard que c'matin. Puisque c'te damnée Marion n'est point venue pour m'aider à cause qu'elle se sentait pas bien, c'est moi qu'ai reçu le cavalier qui vous l'a apportée. Voici !

De sa grosse main rougeaude, elle lui tendit une missive. Le sceau qui la scellait lui était parfaitement inconnu. Intrigué, il se rendit prestement en son antre, où il l'y décacheta sitôt le seuil passé. Elle était rédigée en florentin, mais Côme n'eut aucune difficulté à la traduire.

À Côme de Plancoët.

Seigneur, je vous ai écrit il y a plusieurs semaines déjà, mais point ne sais si ma précédente missive vous est parvenue et si, dans ce cas, vous y avez répondu. Vous ne me connaissez pas et n'en aurez l'occasion, car il me faut conserver l'anonymat.

Quand vous aurez lu ces quelques lignes, vous en comprendrez aisément la raison. Il m'incombe, hélas, de vous relater un fait abominable concernant les deux amis que nous avions en commun et qui vivaient, travaillaient et étudiaient en la cité de Trente. Afin de poursuivre leurs recherches, ils durent notamment procéder à l'examen minutieux d'un corps.

En dépit de toutes les précautions qu'ils prirent pour exhumer un cadavre à la nécropole au beau milieu d'une nuit d'encre, ils furent surpris par la redoutable soldatesque. Arrêtés sur-le-champ, ils furent conduits en prison. Durant deux jours et deux nuits, ils y subirent les pires tourments et avouèrent des faits qui dépassaient tout ce qu'ils avaient pu commettre. On les remit, ensuite, au tribunal ecclésiastique, seul habilité pour juger des crimes d'une telle nature.

Convaincus par ce dernier de sorcellerie, ils furent condamnés au bûcher. Malgré ma profonde répulsion à assister au supplice, je me rendis sur la place publique et me mêlai discrètement à la populace, laquelle était déjà en grand émoi, tant l'odeur du sang versé ou de la chair brûlée excite les plus vils instincts.

Avec une indicible horreur, je vis que certains portaient leurs enfants sur les épaules afin qu'ils ne perdissent rien du « spectacle ». Lorsqu'au détour d'une ruelle, la charrette des condamnés arriva, des cris de haine s'élevèrent et les hommes d'armes eurent toutes les peines du monde à repousser les plus enragés qui voulaient eux-mêmes molester les prétendus suppôts du diable. Profitant du désordre, je m'efforçai de m'approcher au plus près du bûcher car j'espérais de toutes mes forces pouvoir croiser le regard de mes amis avant que le feu ne les embrasât. Las, à peine furent-ils traînés et enchaînés au poteau que le bourreau plaça sur leurs têtes une noire capuche et enduisit leur tunique ensanglantée de poix pour favoriser la combustion. Alors, le cœur me manqua et je m'échappai le plus discrètement possible. Mais j'entendis leurs cris déchirants quand les flammes commencèrent à les lécher. Je décidai alors de me rendre en leur ancien logis. Comme il n'était ni gardé ni scellé, je me servis de la vieille clé qu'ils m'avaient confiée pour y détruire tout le courrier qu'ils avaient conservé. Entre autres lettres échangées, j'ai trouvé les vôtres où le nom de votre seigneurie figurait.

Soyez donc rassuré quant à la trace de vos écrits, elle n'existe plus et nul, jamais, ne pourra remonter jusqu'à vous.

Adieu messire
et que Dieu vous conserve en Sa sainte garde.

Atterré, Côme reposa lentement les feuillets qu'il venait de lire. Ainsi son ami Paolo Farnese et son jeune disciple venaient de périr d'atroce façon, victimes expiatoires d'un pouvoir qui entretenait savamment l'ignorance, source de toutes les superstitions. Certes, l'on n'était plus au temps de l'Inquisition et le siècle naissant n'avait rien de commun avec le royaume d'Espagne sous le règne implacable d'Isabelle la Catholique. Mais il n'en restait pas moins qu'au sein de la chrétienté, l'Église jouissait d'une autorité et d'une puissance qu'elle entendait jalousement conserver. Bien que certains dignitaires religieux, dont le pape Jean XXII lui-même, se fussent adonnés à des recherches alchimiques, les profanes qui eux se livraient à ces recherches étaient l'objet de toutes les suspicions.

Approchant le courrier de la flamme d'une bougie, Côme le regarda se consumer jusqu'à ce qu'il fût réduit en cendres.

Au cours de la nuit qui suivit, il fit un terrible cauchemar. Revêtu de la tunique du bourreau, il conduisait Erwan sur le lieu de son supplice, le forçait à s'agenouiller et lui posait lui-même la tête sur le billot. Une gigantesque hache à la main, il l'enjoignait d'avouer ses crimes avant que de le décapiter. Mais au lieu de lui obéir, Erwan relevait le chef, le regardait droit dans les yeux et déclarait :

– Je n'ai aucun crime à me reprocher, tandis que toi, tu t'apprêtes à en commettre un. Sois mille fois maudit !

Fou de rage, il abaissait alors sa hache et tranchait le cou de l'impudent. Sa tête ensanglantée roulait comme pierre au bas d'une pente, mais repoussait aussitôt et les imprécations que sa bouche proférait reprenaient de plus belle.

Côme s'éveilla en nage, le cœur battant. Il bondit hors sa couche et ouvrit grande la fenêtre de sa chambre. Il aspira l'air frais à pleins poumons, les emplissant des effluves subtils et apaisants de la nuit. Au bout de quelques instants, il s'aperçut que des larmes ruisselaient sur son visage. Mon Dieu, qu'avait-il fait ? Transgressé la loi sacrée de la vie ou honoré les dernières volontés d'un mourant ? Accompli une acte charitable ou supplanté le destin ?

Incapable de se rendormir, il se vêtit et se rendit à la cuisine déserte. Il but de l'eau claire à même un broc, mais elle n'étancha point sa soif et sa gorge demeurait sèche. Il s'empara d'un cruchon de vin blanc et l'emporta en son antre, car il ressentait l'impérieux besoin d'écrire.

COMME CHAQUE JOUR, Thérèse s'était levée à l'aube et avait revêtu son tablier pour commencer son ouvrage. L'on était vendredi, jour de la visite hebdomadaire d'Herlé. Depuis des années, ce dernier fournissait à la seigneurie les produits de sa pêche en échange de fruits, légumes, œufs frais et salaisons. En dépit des consignes précises qu'elle lui donnait pour la préparation de ses repas, Herlé n'arrivait jamais avec le poisson ou les crustacés demandés. À chaque fois, elle lui en faisait remontrance, mais le pêcheur, connu pour sa bonne humeur proverbiale, riait à gorge déployée devant son air courroucé. Ce matin-là, il ne dérogea point à la tradition et débarqua en sa cuisine avec une nasse emplie de homards bleus frétillants qu'il déposa fièrement sur la grande table. Les poings sur les hanches, Thérèse l'apostropha :

– Pourquoi qu'tu m'as apporté ces satanés bestiaux alors que j't'avais commandé lieus jaunes, barbues et ormeaux ?

Herlé mit un genou à terre et, posant les deux mains sur sa poitrine, fit mine de se repentir :

– *Ma doué benniget*! Vlà qu'j'ai encore offensé la grande prêtresse des lieux en lui livrant pourtant les seigneurs de l'océan! Quel impardonnable nigaud je suis!

Se redressant, il ajouta avec malice:

– J'sais ben que tu répugnes à les trancher vifs, aussi, comme de coutume, m'en chargerai-je. Alors, mets de côté ta méchante humeur et sers-moi donc fier coup à boire.

Tout en continuant à maugréer pour la forme, la cuisinière servit deux timbales de vin blanc frais et ils trinquèrent. Elle nourrissait une affection particulière pour cet ancien marin débonnaire et courageux, qui jamais ne se plaignait, malgré son récent veuvage et la rudesse de sa profession. Il en savait tant les affres et les dangers qu'il avait incité ses fils à exercer d'autres activités. En apprentissage chez un maître dans un village voisin, Gaël, l'aîné, se destinait à devenir maréchal-ferrant. Joachim, le puîné, s'était quant à lui pris de passion pour le travail du bois et aspirait à être compagnon charpentier. Depuis le printemps, il effectuait son tour de France, lequel devait durer plusieurs années. Les dotant chacun d'une bourse équivalente qui contenait presque toutes ses économies, Herlé, le cœur gros mais fier, avait laissé partir ses deux garçons, âgés de seulement quinze et treize ans. Après leur départ, la maison lui avait paru si tristement vide qu'il avait redoublé d'ardeur en mer, se levant chaque jour un peu plus tôt, ravaudant ses filets toujours plus tard. Reposant d'un coup sec sa timbale vide, il interrogea la cuisinière:

– Ma bonne Thérèse, sans vouloir t'offenser, j'te trouve la mine ben mauvaise et point ne vois d'aide pour t'assister dans ta besogne.

Poussant grand soupir, elle répondit:

– J'n'ai plus que la Marion, c'te damnée fille de ferme qu'a toujours une fesse en l'air ou un pet de travers pour tirer au flanc ! Tiens, pas plus tard qu'avant-hier…

Au même instant, la jeune fille franchit le seuil de la cuisine. Pâle comme un linceul, elle parla d'une voix à peine audible :

– Ben l'pardon pour le retard, mais c'est qu'j'ai encore eu…

Elle ne put achever. Prise d'une violente nausée, elle n'eut que le temps de ressortir et rendit à grands flots sur le précieux carré d'herbes aromatiques de la cuisinière, laquelle poussa des cris d'orfraie :

– *Mil maler toui* ! C'est pas Dieu possible d'être aussi souillon et empotée ! Mon thym, ma sauge, mon laurier, tous imprégnés de tes vomissures ! Ah ! je n'sais pas c'qui me retient de…

Les mains levées pour se protéger d'un éventuel soufflet, Marion allait s'excuser de sa maladresse, lorsqu'elle s'écroula. Herlé se précipita, la prit dans ses bras et alla l'étendre sur le banc de la cuisine. Confuse, Thérèse tira sitôt de l'eau fraîche pour en imprégner un linge qu'elle déposa sur le front de la pauvre fille. Comme elle ne recouvrait point ses esprits, le pêcheur la redressa et lui asséna une vivifiante paire de claques. Après quelques instants, le sang lui revint aux joues et elle ouvrit enfin les yeux :

– Qu'm'est-il donc arrivé ?

Le pêcheur qui en avait vu d'autres répondit :

– Un malaise, mais qui m'semble point si grave que ça. Pour ce jour, faut prendre du repos. Ainsi, dès demain, tu pourras reprendre ton ouvrage, car la Thérèse, qu'est plus toute jeune, a ben besoin de ton aide. Peux-tu marcher ou faut-y que j'te porte ?

Marion se mit précautionneusement sur ses pieds. Comme elle ne tanguait point, Herlé fut rassuré. Évitant son regard, elle dit dans un souffle :

– Ben l'merci pour votre aide, j'crois que j'puis rentrer seule.

Herlé la laissa aller et s'en revint auprès de Thérèse qu'il trouva toute contrite.

– P'têt' que j'ai été trop rude avec la Marion et qu'elle a vraiment piètre santé. Et si elle nous couvait grave affliction ?

Contre toute attente, Herlé éclata de rire et tendit sa timbale à sa vieille amie afin qu'elle la remplisse de nouveau.

– Couver ? Ah ! ça, j'pense ben qu'c'est le terme qui convient !

Interrompant son geste, Thérèse interrogea :

– Comment ça ? Qu'est-ce que tu m'chantes là ?

Se gaussant de plus belle, il inspira et expira si fort que son ventre se gonfla comme une baudruche.

Après lui avoir lancé un regard ahuri, elle siffla :

– T'es en train de me signifier que cette petite gueuse s'rait grosse ?

– D'après sa mine et ce que j'viens de voir, ça m'en a tout l'air !

Déjà rougeaud de nature, le visage de la cuisinière vira à l'incarnat et la veine de son cou se mit à palpiter dangereusement :

– La garce ! La catin ! Et moi qu'étais prête à la plaindre tant je redoutais de l'avoir malmenée ! Ah ! mais ça n'se passera pas comme ça, j'm'en vais la battre pour qu'elle avoue le nom du misérable qui l'a culbutée. Puis j'avertirai le seigneur Côme de ce qui se…

Levant les mains, Herlé tenta d'endiguer la logorrhée et son ire :

– Oh ! là, oh ! là, écoute-moi. Après tout, j'peux me tromper ! Alors v'là mon conseil : fais comme si tu étais dans l'ignorance et surveille discrètement l'arrondissement de son ventre. Ainsi, tu seras vite fixée et aviseras en conséquence.

S'assoyant pesamment sur le banc, Thérèse but cul sec la timbale qu'elle venait de servir à son ami et s'essuya la bouche d'un revers de main.

– T'as raison, mais si la Marion attend pour de bon un sale petit bâtard, elle perd rien pour attendre !

Le pêcheur soupira :

– Tu sais, j'en ai aussi semé quelques-uns derrière moi en mes vertes années, car avant d'marier la Mahaud, je…

Thérèse se récria :

– Ah, mais c'est point du tout la même chose !

– Et pourquoi donc ?

– *Ma doué* ! Ben parce que toi, t'es un gars !

PHILIBERT ÉTAIT de plus en plus épris de Jacotte, sa grâce enfantine et, par-dessus tout, sa voix cristalline qui tant troublait son âme et son ouïe. Il redoutait si fort rebuffade qu'il se contentait d'observer ses faits et gestes de loin, espérant qu'un jour elle aurait besoin d'un menu service et lui adresserait enfin la parole à la lumière de son clair regard.

Las, son travail de bedeau ne lui octroyait que peu de loisirs. Dès l'aube, il lui fallait balayer les dalles de la paroisse, épousseter oratoire, tabernacle, statues et tableaux, disposer les livres de chants liturgiques sur les bancs, verser le vin de messe dans le calice, compter et recompter cierges et hosties. Et, comme si cela ne suffisait point, répondre aux ordres incessants de l'ombrageux recteur dont il dépendait pour toutes choses. Que n'eût-il donné pour échapper au joug de cet homme et se soustraire à son ingrat labeur ! Longtemps, il avait caressé le rêve de prendre la mer, voguer vers des horizons inconnus gorgés de soleil et d'espérance, où nul crachin, jamais, ne viendrait altérer son humeur, surtout lors des lugubres et mauvais soirs d'hiver. Mais Philibert n'avait point le pied marin et le seul fait de se trouver à bord d'une barque de pêche suffisait à lui tordre les boyaux. Pour fuir le pays breton, à ses yeux trop confit en dévotion et détestables superstitions, il eût dû devenir artisan afin d'effectuer son tour de France, à l'instar de Joachim, le fils cadet d'Herlé. Mais Philibert n'était pas doué non plus pour les métiers qui exigeaient patience et minutie. Non, le bedeau de Plancoët n'était point venu en ce bas monde paré de la moindre grâce ni du moindre don, hormis l'oreille absolue. Elle lui permettait de capter les subtilités infinies de chaque note de musique, qu'elles émanassent d'un oiseau, d'un instrument ou d'une voix. Mais la tessiture de la plupart des voix humaines le dérangeait, jusqu'à ce qu'il entendît celle de Jacotte. Il en oublia sur l'instant tous les improbables voyages et les rêves ébréchés.

Durant de longues semaines, il avait épié la jeune fille et repéré que chaque jour, à la brune, elle faisait une promenade au cours de laquelle elle exerçait sa voix. Alors, dès qu'il disposait d'un moment, il la suivait du plus loin qu'il pouvait afin qu'elle ne remarquât point sa grossière présence. Cueillant toutes les fleurs qu'il trouvait en route, il parsemait la sente qu'empruntait sa bien-aimée de boutons odorants et pétales multicolores selon un savant dessin. Mais elle semblait ne rien remarquer et Philibert se désespérait.

Puis arriva ce fameux samedi où les noces de Roch et Servane furent célébrées en la paroisse de Plancoët. Sept jours auparavant, lors des préparatifs, les futurs mariés avaient humblement demandé à Jacotte si elle accepterait de chanter pour eux après la bénédiction de leur union. Rougissante, la jeune fille avait donné son assentiment et, depuis lors, répété sans relâche son motet préféré, afin d'honorer l'insigne confiance que les fiancés lui avaient témoignée.

Le matin du mariage, un orage éclata, annonçant les prémisses de l'automne. Tous redoutaient la foudre, mais seule une pluie battante s'abattit sur le cortège qui se rendait en rangs serrés à la paroisse, trempant costumes de fête, bouquets, coiffes et bonnets. D'aussi sombre et méchante humeur que le ciel, le recteur célébra la messe comme s'il avait le diable aux chausses et voulait en finir au plus vite avec la lecture des Évangiles et des psaumes. L'assemblée était médusée, car elle n'aimait point que l'on bousculât la célébration des rites sacrés et le mécontentement commençait à gronder d'un banc à l'autre. À peine la bénédiction donnée, Jacotte sortit du rang et s'avança timidement au beau milieu de la travée. Tous les regards se tournèrent vers elle, attendant que sa voix céleste ne s'élevât, mais elle semblait paralysée par l'œil noir que le recteur dardait sur elle.

Aux aguets depuis le début de la cérémonie, Philibert n'avait rien perdu de la scène. Il était le seul à comprendre la paralysie de sa bien-aimée. Saisi d'une folle audace, il quitta l'ombre où il se tenait en retrait et vint se placer à ses côtés. Comme il connaissait par cœur le motet qu'il l'avait entendue répéter, il l'entonna de son profond timbre de basse qui résonna jusqu'à la nef. D'abord abasourdie, Jacotte reprit vite ses esprits, tant l'incroyable initiative du bedeau la toucha en plein cœur. Pour la première fois, elle soutint son regard, y décelant une étonnante douceur qui contrastait avec la brutalité de ses traits et la rudesse de son apparence. Alors, prenant grande inspiration, elle cueillit en plein vol la note suspendue et unit sa voix à la sienne.

L'on eût dit que de toute éternité ils avaient chanté de concert et l'assemblée, étonnée et ravie, s'enivra de ces noces musicales. Lorsque le duo improvisé acheva le dernier couplet, les jeunes mariés émus aux larmes applaudirent à tout rompre, suivis par l'ensemble des invités.

Face à cette liesse qu'il jugeait hautement indécente, mais ne pouvant s'y opposer, le recteur s'efforça de faire bonne figure. Il félicita enfin le couple qu'il venait de bénir puis, invoquant une attaque de goutte, s'écarta de la troupe qui gagnait en riant la grange où le banquet allait être servi. L'on plaça Philibert à côté de Jacotte dans l'espoir qu'ils voudraient bien encore chanter à la fin du repas. Le bedeau était aussi ravi que pétrifié par cette soudaine promiscuité et déployait moult efforts pour manger proprement afin de ne point la rebuter. Le dévisageant avec curiosité, elle se risqua à lui poser la question qui lui brûlait les lèvres :

– Vous m'avez sauvée tout à l'heure, car sans votre secours j'aurais été incapable de tenir promesse. Mais qui donc vous a enseigné l'art du chant ?

Rougissant jusqu'aux oreilles, Philibert s'entendit répondre :

– Personne, à part les oiseaux et tous les sons qu'produit dame nature. Mais à dire le vrai, j'crois que c'est vous qui m'avez inspiré.

Il avait prononcé sa phrase comme on se jette à la mer un jour de tempête. Et sitôt achevé, plongea le nez dans son assiette. Interloquée, elle interrogea :

– Je ne suis pas sûre de comprendre. M'avoir entendue chanter ne suffit pas à expliquer votre don, car c'en est un. Dès mon plus jeune âge, j'ai dû apprendre à lire les notes, déchiffrer une partition, travailler mon timbre jour après jour grâce au maître de chorale de mon village.

Le bedeau se récria :

– Non, non, j'ai aucun don pour rien et j'le sais qu'trop bien !

Émue, elle posa sa main sur la sienne, et, à ce seul contact, Philibert trembla comme une feuille sous l'assaut du vent. Jacotte poursuivit :

– Votre oreille et votre voix sont un cadeau du ciel. Pourquoi donc ne pas l'accepter comme tel ? Nous pourrions répéter certaines pièces et les produire ensemble aux fêtes carillonnées ?

À ces mots, le cœur du bedeau se dilata et il osa enfin tourner son ingrat visage vers celui de sa belle :

– J'en s'rais fort heureux et honoré, mamzelle, mais j'voudrais point vous déranger. En outre, ma tâche me laisse que peu de loisirs.

Elle sourit :

– Mon activité de lingère non plus, mais nous trouverons bien un peu de temps pour nous accorder. Ah ! tenez, l'on nous demande justement de chanter de nouveau pour les mariés, venez !

La noce se poursuivit tard dans la nuit. D'ordinaire, dès qu'il y avait grand festoiement, Philibert restait avec quelques compères jusqu'à l'aube, ne manquant pas de finir le vin des barriques et faire le coup de poing avec quelques mauvais drôles attirés par les reliefs du banquet et la soif de paillardise. Mais cette nuit-là, il dédaigna la vulgarité de ces plaisirs faciles et raccompagna Jacotte jusqu'à la porte du logis où elle était employée. Elle le remercia et lui souhaita de bien reposer. Exalté, il ne ferma pas l'œil un seul instant, se remémorant chaque seconde de cette journée enchantée. Toutefois, il ne pouvait s'empêcher de redouter la réaction du recteur qui, le lendemain, ne manquerait pas de lui faire payer son outrecuidance. L'ironie du sort voulut que ce dernier, qui avait prétexté la goutte pour prendre congé de la noce, tombât malade pour de bon. Mandé sur son ordre par Philibert, le chirurgien se rendit en hâte à son chevet. Il constata forte fièvre et faible pouls. Il opéra conséquemment plusieurs saignées qui n'eurent d'autre effet que d'affaiblir davantage le patient. Perplexe, il délivra l'ordonnance de différentes décoctions destinées à atténuer ses douleurs. Enfin, il lui recommanda de prendre grand repos et de surseoir à ses activités le temps de son rétablissement.

Resté seul avec le bedeau, Bertrand Le Guennec dicta ses ordres d'une voix éteinte, mais dure comme la pierre :

– En l'état où je suis, je n'ai d'autre choix que de te confier les clés de la paroisse. Essaie pour une fois de t'en montrer digne et assigne-toi aux tâches qui te sont dévolues sans tirer au flanc.

Philibert acquiesça d'un signe tête, mais se promit intérieurement d'expédier au pas de charge les corvées afin de se consacrer à la grâce infinie qui venait d'entrer dans sa vie.

EN QUELQUES JOURS, la flamboyance de l'été s'évanouit. Bien que le ciel demeurât intensément bleu, les températures chutèrent brutalement et tous s'attendaient à un automne bref, augurant un hiver d'une rigueur ô combien redoutée.

Grâce à Ronan qui avait orchestré de main de maître fauchages et récoltes, les granges étaient pleines de grains et de foin, permettant à tous les habitants et bêtes de la seigneurie d'être convenablement nourris. Le bois de chauffe non plus ne manquerait pas, car les stères remisés l'an passé étaient assez secs pour crépiter dans les âtres, cuire les soupes et réchauffer le corps et l'âme des bonnes gens.

En ce clair matin du 5 septembre, comme de coutume, Thérèse était en cuisine avec la Marion. Cette dernière avait bonne mine retrouvée et, pour une fois, ne ménageait point sa peine, comme si elle voulait faire oublier ses insolences et nombreux manquements. Suivant le conseil d'Herlé, la cuisinière ne laissait rien paraître des soupçons qu'elle concevait quant à la grossesse supposée de la drôlesse, mais surveillait étroitement l'épaisseur de sa taille et l'arrondissement de son ventre.

Las, fraîcheur oblige, chacun s'emmitouflait et la chose était impossible à vérifier. En cette précoce fin d'été, les mûres avait donné en abondance et marinaient à gros bouillons dans les grandes casseroles de cuivre. Thérèse en agrémentait le contenu de menthe poivrée et de safran habilement distillé qu'elle touillait sans discontinuer. Après des heures de labeur, la chaleur d'étuve dégagée par les futures confitures commençait à la faire suer à grosses gouttes. Elle voulut demander à Marion de la remplacer, dans l'espoir que celle-ci finirait par se départir d'une couche de sa vêture. Mais, comme si cette dernière avait deviné sa pensée, la bonne ne cessait d'aller et venir au potager pour préparer la soupe du soir.

Accroupie dans la terre, Marion entendit gracieuse voix qui l'interpellait. Levant la tête, elle découvrit une jeune femme fort belle qui montait une jument grise :

– Bien le bonjour, mademoiselle. Le seigneur de Plancoët se trouve-t-il céans ?

Se redressant tant bien que mal et nettoyant la terre qui maculait son tablier et ses mains, elle répondit :

– Si fait, mais j'sais pas ben où dans l'château. Bougez pas, j'vais m'renseigner.

Retroussant ses jupes, elle s'empressa vers la cuisine. Face à son agitation, Thérèse interrogea :

– Eh ben quoi ? Qu'est-ce qui t'arrive encore ?

– Une dame, à cheval ! Et qui demande où c'est qu'se trouve notre maître !

– Une dame ? Ici ? À Plancoët ? s'assura la grasse cuisinière qui en lâcha sa louche.

La jeune sotte se permit de fanfaronner en dansant sur ses pieds.

– Oui-da et bien avenante. Même qu'elle m'a gentiment saluée !

Thérèse s'agita :

– Eh ben qu'attends-tu ? Va-t'en donc prévenir le seigneur Côme pendant qu'je vais à la rencontre de cette noble personne.

Marion sitôt se rembrunit :

– À c't heure matinale, il est encore dans sa chambre ou déjà dans son antre, et vous savez ben qu'j'aime pas y aller.

À grand-peine, Thérèse se retint de la gifler :

– Trêve de minauderie ! Va l'quérir sur-le-champ ou il t'en cuira !

À ces mots, la petite détala comme lapin de garenne et traversa les pièces immenses sans souffle reprendre. Arrivée au bas des vastes escaliers qu'elle n'avait jamais gravis, elle ne put s'empêcher de ralentir sa course, tant ce qu'elle découvrait l'impressionnait : marches plus larges encore que celles du perron qui menait à l'église, murs ornés de portraits d'aïeux qui la toisaient à mesure qu'elle montait à pas comptés.

Marion s'était toujours méfiée du seigneur, cet homme étrange qui jamais n'avait pris femme ni même culbuté fille de ferme ! Un gars peut-il se passer de ces choses-là ? Bien sûr que non et elle était bien placée pour le savoir, surtout aujourd'hui, avec un maudit polichinelle dans le tiroir. Au village, elle n'était point seule à s'interroger et le soir venu, à la veillée, quand le cidre coulait et que les pipes s'allumaient, les commérages allaient bon train. Chaque fois qu'elle en avait vent, Thérèse faisait taire les mauvaises langues, rappelant vertement à chacun de se mêler de ses affaires. Thérèse! Rien qu'en pensant à son nom, Marion sentait son sang bouillir. Cette satanée grosse vache semblait envoûtée par le sire de Plancoët et, en toutes circonstances, le défendait bec et ongles, comme une louve avec ses petits.

Enfin parvenue au dernier étage, face aux nombreuses portes qui desservaient le couloir, Marion s'arrêta net. Où diable était donc la chambre du maître? Tout au fond, une des portes était munie de deux battants. Elle s'approcha, tendit l'oreille et perçut un léger ronflement. Pour sûr, l'usage exigeait qu'elle frappât et attendît qu'on l'autorisât à entrer, mais, sans qu'elle n'en sut le pourquoi, elle l'ouvrit avec précaution, au cas où celle-ci grincerait sur ses gonds. Jamais l'aide cuisinière n'aurait imaginé qu'une pièce d'une telle dimension puisse exister. L'on eût pu y loger tout à leur aise deux familles entières. Au beau milieu de la chambre, un lit trônait. Pas l'un de ces lits-clos étroits aux sombres portes de bois qui composaient l'essentiel de l'ameublement des masures bretonnes, mais une couche immense enceinte par d'épais rideaux. Comme le souffle du dormeur était régulier, la Marion s'approcha et écarta une des courtines. Elle découvrit alors le plus beau corps d'homme qu'elle n'eût jamais vu.

Nu au milieu des draps de batiste qu'un sommeil agité avait dû repousser, il reposait sur le ventre, une jambe repliée et un bras étendu sur l'oreiller. L'espace d'un instant, elle fut troublée par cette vision et une vive chaleur envahit son bas-ventre. Ce désir animal qui montait en elle la renvoya sitôt à sa basse condition et elle en conçut vive amertume. Pour des seigneurs tels que lui, elle n'était qu'une souillon invisible, juste bonne à exécuter les tâches les plus ingrates. C'étaient les belles dames comme celle qui venait d'arriver à cheval que l'on épousait et qui avaient droit à tous les égards, toutes les promesses. Quant à elle, même ce pourceau de Philibert ne voulait plus ouvrir ses cuisses et inventait mille prétextes pour ne la point culbuter. Ah ! il s'était bien servi d'elle pour dérober le courrier du maître et le remettre au recteur ! Qu'avait-elle reçu en échange des risques qu'elle avait pris ? Mensonges et mépris ! Eh bien, ils allaient tous payer pour leur couardise et leur traîtrise à son endroit, elle s'en fit solennellement le serment. Son regard fut justement attiré par un petit secrétaire sur lequel reposait une missive inachevée à côté d'une plume et d'un encrier. Elle s'en empara, la roula et la dissimula dans son corsage. Soudain, le dormeur gémit et s'agita. À pas de loup, Marion sortit de la chambre et, le cœur battant, laissa s'écouler quelques instants avant que de frapper à sa porte pour le prévenir qu'il avait de la visite, puis redescendit en grande hâte les escaliers.

Réveillé en sursaut par sa voix, Côme s'extirpa du mauvais rêve qui avait de nouveau hanté sa nuit et tentait de recouvrer ses esprits. Une visite ? Voilà qui était fort curieux, il n'en recevait jamais. Il se rendit à son cabinet de toilette, s'aspergea la figure à l'eau fraîche, se vêtit et gagna la cuisine, où Thérèse partageait un bol de lait avec Anne du Plessis. Les deux femmes bavardaient comme des amies de toujours. Mais devant sa face éberluée, la cuisinière fut aussitôt gênée par la familiarité dont elle venait de faire preuve. Elle se leva avec déférence et offrit à son maître lait frais, beurre et épaisses tartines de pain bis qu'il refusa d'un geste. Ce voyant, la visiteuse déclara :

– Veuillez pardonner, messire, l'audace de ma visite inopinée. Je m'aperçois que je tombe mal et m'en vais sitôt prendre congé.

Je venais prendre des nouvelles de votre cheval et vous proposer une sortie en forêt, si toutefois vous en aviez le loisir et, bien sûr, le désir.

À ces mots, la méchante humeur de Côme céda place à la honte.

– N'en faites rien, madame. C'est moi qui, au contraire, vous prie de bien vouloir excuser la rudesse de mon attitude. Il se trouve que depuis quelque temps le sommeil me fuit. Une promenade en votre gracieuse compagnie me fera le plus grand bien. Le temps de m'équiper et je suis à vous.

Dissimulant radieux sourire, Thérèse proposa :

– J'vous prépare provisions de bouche que l'Nicolas va placer dans les sacoches de Bucéphale.

Pour la première fois, elle s'abstint de recommander à Côme de ne point rentrer trop tard.

Cela faisait trois heures qu'ils chevauchaient à travers la forêt. Après les chaleurs implacables de l'été, la précocité de l'automne se confirmait avec la chute des températures, les fougères prématurément roussies et, suite à quelques jours de pluie ininterrompue, l'émergence d'une multitude de champignons. Bolets de pins, pieds-de-mouton, coulemelles et autres girolles tapissaient les sous-bois moussus et croissaient à la base des troncs. Face à une telle profusion, Anne du Plessis proposa de faire halte pour en ramasser et se restaurer.

Jamais Côme ne s'était livré à cette activité. Mais, grâce à la dame du Plessis, ils emplirent, en moins d'un quart d'heure, sacoches et paniers jusqu'à ras bord. Elle saisit délicatement une girolle, puis la huma avant que de la croquer, les yeux fermés.

– C'est exquis, j'ai l'impression d'embrasser la forêt à pleine bouche. Et maintenant, déjeunons !

À la fin du repas, tout en dégustant un abricot, la jeune femme hasarda :

– Pardonnez d'avance mes propos, mais je crois déceler à votre air préoccupé source de tracas. Oserais-je m'enquérir de la raison ?

Mal à l'aise, Côme répondit :

– Ma maison a été fort éprouvée par l'incendie, mais pis que tout, par le décès d'Erwan, mon métayer.

Songeant à Méréal, son fidèle majordome, la dame observa :

– Votre émotion est palpable. Vous l'aimiez beaucoup, n'est-ce pas ? J'imagine aisément quel chagrin ce doit être pour vous.

Devant la sollicitude de la jeune femme, Côme contint à grand-peine un flot de larmes qu'il croyait depuis longtemps endigué. Quand son père avait passé, il n'en avait pas versé une seule afin de rester digne face aux gens de sa seigneurie qui, désormais, étaient sous sa responsabilité. Levant son verre pour une libation, elle ajouta :

– Que sa prochaine vie en ce bas monde lui soit meilleure.

À ces mots, Côme tressaillit.

– Vous êtes bien téméraire. Savez-vous que ce vœu n'est pas du goût de nos prélats ?

Elle eut un rire amer :

– Certes, et bien le sais. Mais je ne crois ni au paradis ni à l'enfer. Ces deux extrêmes ne laissent aucune place à la médiocrité, laquelle est pourtant l'apanage de la plupart des mortels que nous sommes.

Ayant dit, elle planta son regard ardoise dans le sien. Tous les sens du seigneur étaient en alerte. Cette jeune femme, qu'il connaissait à peine, partageait-elle ses interrogations métaphysiques les plus intimes ou était-elle envoyée par de sournois ennemis pour sonder une âme supposée dévoyée ?

En proie au trouble, il voulut couper court à leur échange et proposa de prendre le chemin du retour. Anne du Plessis sentait bien qu'elle avait abordé un sujet sensible. Elle ignorait comment interpréter la réaction du sieur de Plancoët, ne sachant de quel côté ses convictions penchaient, mais n'en laissa rien paraître. Avait-elle commis une imprudence ?

Ils repartirent au petit trot et débouchèrent dans une vaste clairière. La cavalière proposa alors :

– Après ces sous-bois où nous ne pouvions qu'avancer au pas, je pense que nos chevaux ont bien mérité de se dégourdir les jambes. Et si nous piquions un petit galop, messire ?

Sans attendre la réponse, elle lança sa jument. Surpris par sa hardiesse, Côme éperonna Bucéphale et tenta de la rattraper, mais elle avait plusieurs encolures d'avance sur lui. Tout à coup, une harde de cerfs et de biches, surgie de nulle part, leur barra le passage. La jument d'Anne du Plessis se cabra à plusieurs reprises et sa cavalière chuta lourdement avant que de pousser un cri :

– Ma jambe ! Ah ! mon Dieu, non !

Côme sauta de selle, s'agenouilla et prit sa tête entre ses mains. La pâleur de son visage était telle qu'il redouta le pire.

– Anne, je vous en conjure, parlez-moi ! D'où souffrez-vous ? Votre jambe ? Laissez-moi vous aider !

Comme il allait relever un pan de sa robe, elle se mit à hurler :

– Je vous l'interdis ! M'entendez-vous ?

Face à un tel assaut de violence, il eut un mouvement de recul. Mais la dame défaillit et il passa outre son avertissement. Il écarta son jupon blanc, soulagé de ne point y voir trace de sang, puis palpa ses jambes pour s'assurer qu'aucun os n'était brisé. Stupéfait, il constata que la droite était fortement atrophiée. Était-ce une malformation de naissance ou la conséquence d'un funeste accident ? En un éclair, il comprit la réaction qu'elle venait d'avoir, mais aussi sa réticence à fréquenter le monde, afin de s'épargner quolibets et railleries. En dépit de son émotion, Côme poursuivit minutieusement son examen, car il craignait une fracture du bassin. Fort heureusement, il semblait que ce ne soit pas le cas. En revanche, il sentit que deux côtes au moins étaient enfoncées. Il porta sitôt son regard vers la bouche de l'infortunée, mais nul filet de sang ne s'en écoulait : les poumons étaient intacts. Il ne put s'empêcher de contempler son visage que deux cernes profonds commençaient à gagner et il fut frappé par sa singulière beauté. L'on eût dit qu'un reste d'enfance mutine luttait contre une maturité précoce, laquelle avait déjà gravé un pli d'amertume aux commissures des lèvres. La dame se mit à gémir, s'agita, et réclama de l'eau. Se saisissant de sa gourde d'eau fraîche, Côme imbiba son mouchoir de batiste et humecta la bouche de la jeune femme.

D'une voix atone, elle supplia :

– De grâce, donnez-m'en davantage !

Il la fit boire à petites rasades, puis se racla la gorge et annonça :

– Il semblerait que ce soient vos côtes qui aient pâti de votre chute. C'est, hélas, fort douloureux, mais point si grave. Pour vous soulager, il me faudrait vous bander le torse à l'aide d'un morceau de toile.

Elle lui jeta un regard farouche :

– Comment le savez-vous ? Avez-vous eu la privauté de me toucher ?

Levant les mains comme s'il voulait parer une attaque, il répondit :

– Il ne pouvait en être autrement, madame. Si vos blessures avaient été sévères, aurais-je dû vous regarder trépasser ?

Face à cet aveu, il craignait qu'elle ne s'emportât, mais *a contrario*, elle éclata en sanglots.

– Ainsi, vous connaissez maintenant l'objet de ma honte.

Il se récria :

– De quoi parlez-vous, madame ? À quelle honte faites-vous allusion ? Oui, j'ai vu votre jambe et je rends d'autant plus hommage à votre courage de femme et vos talents de cavalière !

Elle eut un pâle sourire.

– Qui vient de chuter sottement et ainsi révéler son lourd secret.

Un accès de toux la secoua, lui arrachant un cri de douleur. Côme ôta sitôt pourpoint et chemise, révélant son torse puissant. Tout en déchirant son linge pour en faire larges pans de toile, il commanda à la dame de se dévêtir à son tour. Comme elle était troublée et répugnait à s'exécuter, il s'agaça :

– Cessez de vous comporter en mijaurée ! Je ne vais pas vous forcer et veux seulement maintenir vos côtes bien serrées pour vous soulager.

Anne ferma les yeux, serra les dents et se laissa faire. À cet instant précis, une nappe de brouillard descendit de la cime des arbres, comme si elle voulait recouvrir la forêt d'un linceul opaque et la rendre invisible. L'air chargé d'humidité devint glacial et Anne frissonna. D'une voix mal assurée, elle demanda :

– Que se passe-t-il ?

Scrutant les alentours qui disparaissaient progressivement, Côme répondit :

– Un phénomène rare dont j'ai ouï dire qu'il survenait parfois brusquement à la surface de la mer. Mais j'ignorais qu'une telle chose se pouvait produire à l'abri des profondeurs de la forêt.

La brume s'amplifia tant qu'ils se voyaient désormais à peine et ne distinguaient plus leurs montures qui, terrorisées, se mirent à hennir. Grand bien leur avait pris de les attacher à un arbre afin qu'elles ne pussent s'enfuir.

En hâte, Côme revêtit son pourpoint à même sa peau nue gagnée par la chair de poule.

– Surtout ne bougeons pas et attendons que cette étrange brume se dissipe. Permettez que je vous enserre dans mes bras et tâche de vous protéger de ce froid qui ne ferait qu'accroître votre état de faiblesse

Elle se sentait si vulnérable qu'elle obtempéra. Ce contact la troubla à tel point qu'elle ne savait plus si elle tremblait de froid ou de désir pour cet homme secret qu'elle ne parvenait à cerner.

Soudain, de tous côtés, des loups se mirent à hurler. D'abord lointains et disparates, les cris s'intensifièrent, comme si la meute se reformait à l'appel du mâle dominant. Ce entendant, Anne trembla plus fort encore.

Tout en dégainant la dague de ses ancêtres qu'il portait toujours dans sa chausse, Côme affirma :

– N'ayez crainte, je jure que je ferai tout pour vous protéger !

Se libérant doucement de leur étreinte, il entreprit de ramasser à tâtons le petit bois sec autour d'eux et en fit un fagot. Il tenta de battre le briquet pour l'enflammer, mais l'humidité était telle que sa tentative échoua. Le hurlement des bêtes se rapprochait, d'autant plus inquiétant que l'on n'y voyait goutte et que l'on ne pouvait deviner d'où allait surgir leur attaque. En désespoir de cause, Côme proposa à Anne de l'aider à grimper dans un arbre afin qu'elle y fût en sécurité, mais chaque mouvement lui soutirait une plainte déchirante. Réduite à l'impuissance, elle supplia :

– Puisque nous allons tous deux périr, messire, j'aimerais, auparavant, connaître enfin le bonheur ineffable d'un baiser.

Il la regarda comme si elle venait de perdre subitement l'esprit, mais la jeune femme, paupières closes, offrait déjà ses lèvres comme un fruit. Il savait qu'elle disait le vrai et qu'il ne pourrait longtemps lutter seul contre une meute nombreuse et affamée. Alors, s'abandonnant lui aussi à la douceur de ce dernier instant, il la prit dans ses bras et l'embrassa. Les loups étaient tout près d'eux désormais. Ils entendaient leurs grognements féroces et pouvaient presque sentir leur haleine. Côme s'arracha des bras d'Anne. Il tenait sa dague dans la main gauche et une grosse branche dans la droite, prêt à tout pour repousser l'assaut.

Surgi du néant, un grand mâle s'apprêtait à lui sauter à la gorge lorsqu'une voix forte retentit et proféra des paroles incompréhensibles. Aussitôt, la meute, déboussolée, se mit à gémir, puis à hurler à la mort avant que de s'enfuir.

La tension avait été si forte que les jambes de Côme se dérobèrent et qu'il s'affala auprès d'Anne.

– Côme ! Êtes-vous blessé ? Répondez, je vous en conjure !

De nouveau, la voix grave et profonde se fit entendre :

– Il n'a rien. Seulement le contrecoup d'une émotion trop vive.

Une haute silhouette émergea du brouillard. Apparut un vieillard chenu, à moitié nu, qui tenait un bâton torsadé à la main. Son corps était svelte, presque étique, mais il dégageait une force irrésistible. La jeune femme le reconnut immédiatement :

– Vous ! L'homme qui m'a sauvé la vie et que je m'évertue depuis deux ans à retrouver !

Sans lui répondre, il s'agenouilla auprès de Côme et lui fit respirer une herbe. Ce dernier éternua plusieurs fois et reprit ses esprits.

– Merlin ! C'est la providence qui a guidé vos pas jusqu'ici, car cette jeune femme et moi-même étions en bien mauvaise posture.

Le druide eut un sourire sans joie.

– Ce que tu nommes la providence n'est pour rien dans mon intervention. Je ne fais qu'un avec cette forêt sacrée et rien de ce qu'il s'y passe n'échappe à ma clairvoyance. Je devais vous sauver la vie, c'est aussi simple que cela.

Incrédule, Anne regarda Côme :

– Vous le connaissez donc aussi ? Mais comment diable…

Le vieillard lui lança un regard sévère :

– Ne citez jamais Lucifer, l'ange déchu, quel que soit le nom que vous lui donnez !

Avant de se radoucir :

– Madame, il serait de bon aloi de vous tenir tranquille quelque temps après votre chute. Maintenant, vous allez tous deux repartir, car en cette période particulière, la forêt ne doit pas être profanée.

– Et comment le pourrions-nous avec ce brouillard ?

Le druide répondit :

– C'est un sortilège pour protéger nos rites sacrés. Il se dissipera dans quelques minutes afin que vous retrouviez votre chemin. Adieu.

Côme tenta de le retenir :

– De grâce, restez un instant. J'ai tant de questions à vous poser…

L'homme des bois se retourna :

– Tu n'es pas prêt pour ce que tu aspires à connaître et apprendre. Et, peut-être, jamais ne le seras. Ce n'est point dans les livres que tu étancheras ta soif de vérité, car le véritable savoir ne s'écrit pas. Suis ton instinct et poursuis ta route, car pour l'heure elle ne croisera plus la mienne.

Le druide n'avait pas menti. L'épaisse brume se dissipa tel un mauvais rêve repoussé vers des limbes inconnues le matin venu.

Au petit pas, prenant d'infinies précautions, Côme raccompagna Anne en son domaine et la confia aux soins de son majordome qui avait fébrilement guetté son retour. Le sire de Plancoët lui narra leur mésaventure, omettant, bien sûr, l'épisode des loups et la rencontre aussi secrète que salvatrice avec Cathbad. Méréal le remercia chaleureusement et proposa de lui faire servir un rafraîchissement et une collation au jardin pendant qu'il installerait sa maîtresse dans ses appartements. Côme déclina poliment, arguant que des affaires pressantes l'attendaient. Il était en selle, prêt à repartir vers ses terres, lorsque le vieux majordome accourut :

– Sire ! Madame s'inquiète de savoir si vous viendrez la visiter ?

Le cavalier s'immobilisa et annonça :

– Dites-lui que c'est bien là mon intention. Et que je le ferai avec joie.

Au sein de la paroisse de Plancoët, Philibert, passagèrement débarrassé du recteur acariâtre, exécutait ses rituelles corvées avec bien moins de soin qu'à l'accoutumée. L'état de santé de Bertrand Le Guennec était stationnaire, comme s'il était atteint d'une maladie de langueur qui lui ôtait ses forces. Lors de sa dernière visite, le chirurgien avait avoué en perdre son latin et n'avait pu que recommander le plus grand repos, ainsi que la prise de potions à base d'hydromel, citronnelle et menthe poivrée.

Du fond de sa couche, le prélat l'avait traité d'incapable et voué aux gémonies avant que de le congédier. Après quoi, le bedeau avait sobrement observé :

– Vous v'là ben avancé maintenant. Moi, j'suis pas médecin et j'peux pas le remplacer. En plus, avec tout le travail que j'ai…

Oubliant sa faiblesse, le malade avait explosé :

– Je n'ai que faire de toi, sombre idiot ! Sors et accomplis tes tâches !

Feignant de se soumettre, Philibert obtempéra. C'était exactement ce qu'il voulait entendre. Il était à genoux en train de réparer le pied d'un prie-Dieu quand, à contre-jour, il aperçut une silhouette féminine remontant la travée centrale. Son cœur s'emballa, car il espérait de toute son âme que ce fût sa douce Jacotte qui arrivait en avance à leur rendez-vous. Las, ce n'était pas sa dulcinée, mais la Marion. À son air mal en groin, il comprit qu'elle venait lui chercher noises. Prenant les devants, il demanda d'un ton rogue :

– Que diantre fous-tu là ?

Elle feignit d'être outragée, mais répondit toute mielleuse :

– Eh ben, en v'là une façon de m'accueillir ! N'es-tu pas heureux d'me voir après toutes ces semaines ?

Sans lui faire l'aumône d'un regard, il s'activa de plus belle sur son ouvrage.

– Tu vois donc point que tu m'déranges ?

Elle ne put s'empêcher de se gausser :

– À d'autres ! Le travail et toi, ça a toujours fait deux, et en plus t'as pas plus de religion qu'un cochon ! Alors, écoute-moi, j'ai à t'causer d'une affaire grave qui t'concerne.

Flairant vile sournoiserie, il se leva de mauvaise grâce et lui fit face.

– Eh ben, qu'est-ce que t'attends ? Crache ton venin !

Sans un mot, elle sourit et se mit de profil en gonflant son ventre qu'elle caressa de ses mains.

– Un heureux événement comme tu peux voir. L'fruit de nos amours qui va naître dans moins d'quatre mois.

Devant la mine éberluée du bedeau, elle reprit d'un ton contrit :

– Et v'là où le bât blesse, car j'veux point être fille-mère et devenir la honte des environs. Alors, tu vas réparer ta faute et m'marier.

Philibert partit d'un rire si énorme qu'il dut se tenir les côtes et s'appuyer sur une chaise pour ne pas choir. Mais son hilarité s'arrêta aussi vite qu'elle avait commencé et son visage se durcit. Sans ménagement, il saisit la petite gueuse par le col et sa voix siffla :

– À ton tour de m'écouter. Tous les habitants céans savent que chaque gars peut à son aise te culbuter et point ne s'en prive. Tu peux ben raconter au pape qu'c'est moi l'géniteur, personne n'ajoutera foi à tes dires !

La face de Marion vira sitôt au cramoisi :

– Que tu crois, mon gaillard ! J'm'en vais de ce pas voir le bougre de recteur et lui narrer toutes tes vilenies !

Philibert se mit à rire derechef :

– Et que penses-tu lui apprendre qu'il ne sache déjà ? Que j't'ai honorée maintes et maintes fois lors qu'je n'en avais point l'envie ? Mais c'est lui-même qui m'l'a ordonné afin que tu dérobes le courrier de ton maître, ma pauvre fille ! Allez, maintenant, ouste !

Elle lui jeta un regard si empli de haine que Philibert recula d'un pas.

– J'sais qu't'en pinces drôlement pour cette sotte de Jacotte, sale crapaud de mer ! Alors, j'me ferai un plaisir d'lui raconter à qui elle a vraiment affaire, sans omettre aucun détail des cochoncetés dont t'es si friand. J'parie qu'après si croustillant récit, elle répugnera fort à t'fréquenter !

À la seule évocation du nom de sa belle dans cette méchante bouche qui crachait tant de fiel, Philibert perdit toute retenue. Il empoigna ses épaules et la secoua comme un prunier. En tentant désespérément de se dégager de son étreinte de fer, elle perdit l'équilibre et sa tête heurta le bord d'un banc de prière. Les os de son cou craquèrent comme une noix sèche et elle s'effondra sur le froid dallage, pareille à une poupée de chiffon. Le bedeau tremblait de tout son corps. À la rage folle qui s'était emparé de lui succédait l'horreur de l'acte qu'il venait de commettre. Il regarda ses mains aussi larges que des battoirs comme si elles ne lui appartenaient pas, et que ce fussent elles, et elles seules, les coupables de cette monstruosité. Il avait beau se répéter qu'il s'agissait d'un accident, le corps inerte et sans vie de Marion gisait bel et bien à ses pieds. Que faire ? Alerter le prévôt et se livrer ? Nenni, il ne croirait mot de son histoire et le soumettrait à la question avant que de le faire pendre haut et court. Non, la seule solution était de faire disparaître le corps au plus vite. Mais pour plus de sûreté, il fallait attendre l'encre de la nuit.

LE LENDEMAIN de son étrange aventure en forêt, Côme était descendu fort tard en cuisine pour y déjeuner. Il y trouva une Thérèse à la mine et à l'humeur bien mauvaises.

– Qu'as-tu donc, ma bonne Thérèse ? Où donc est passée ta coutumière jovialité ? Aurais-tu quelque tourment à me confier ?

Louche en main, elle se retourna, la face courroucée :

– Eh ben, y a que cette damnée Marion n'est encore point arrivée et que, vieille et fatiguée comme je suis, je ne suffis plus seule à l'office de la seigneurie !

D'un geste, il l'invita à s'asseoir et lui servit une timbale de lait frais.

– Tu as en effet l'air bien las. Mais pourquoi n'est-elle point venue ? Sais-tu si elle est souffrante ?

La cuisinière ne put s'empêcher de déverser son ire trop longtemps contenue :

– Souffrante ? C'est dans quelques mois que cette petite garce va vraiment pâtir, quand elle mettra au monde son damné bâtard !

Le seigneur de Plancoët se raidit :

– Es-tu sûre de ce que tu viens d'affirmer ?

Tout en avalant à petites lampées son lait pour se donner contenance, elle répondit :

– Sûre, sûre… On l'est jamais vraiment avec ces choses-là ! Mais je conçois forts soupçons, car elle fait tout pour dissimuler l'arrondissement de sa taille.

Côme opina.

– Quoi qu'il en soit, il te faut une nouvelle aide, et tu as ma confiance pour dénicher la perle qui saura te soulager. Toutefois, je vais demander à Nicolas de se rendre en son logis pour vérifier qu'elle n'est point malade. Ah, j'oubliais ! Qui donc est entré dans ma chambre ? J'avais commencé la rédaction d'un important courrier, mais point ne le retrouve et cela me contrarie fort.

– Ben, la p'tite Soizic, comme tous les jours. J'm'en vais la faire quérir.

La jeune bonne était tout impressionnée devant le maître de Plancoët et elle se tordait les mains avec nervosité. Dès que Thérèse lui eut demandé ce qu'il avait pu advenir de la fameuse missive disparue, Soizic éclata en sanglots.

– J'vous jure, seigneur, que j'ai rien vu, rien pris et en plus j'sais même pas lire !

La cuisinière s'agaça :

– C'est pas ce qu'on te dit nigaude ! Va voir immédiatement si elle a point roulé sous un meuble ou derrière un rideau. 'Fin quoi, elle a pas pu s'envoler, cette lettre !

Tout en se mouchant bruyamment dans un pan de ses jupes, la fille répondit :

– Ben p'têt' ben qu'si…

Côme haussa le sourcil :

– Comment cela, que veux-tu dire ?

Elle rougit jusqu'aux oreilles :

– Ben, comme j'ouvre toutes les fenêtres en grand quand j'nettoie, elle a ben pu partir au-dehors.

Thérèse leva les yeux au ciel.

– Bon, file dans la chambre vérifier partout et après, tu vas sous les fenêtres me fouiller chaque massif, chaque brin d'herbe, sans oublier les branches d'arbres où elle aurait pu s'accrocher.

Le petite s'exécuta aussitôt et Thérèse soupira :

– Elle est sotte comme bécasse, la p'tiote, mais c'est une brave fille. J'vous préviens sitôt qu'elle aura retrouvé votre courrier.

Côme hocha la tête, mais en lui-même, il pressentait que sa bonne n'était pas près de mettre la main dessus. Tout en ruminant de sombres pensées, il se dirigea vers les écuries pour confier sa mission à Nicolas.

Le jeune palefrenier n'avait jamais porté Marion dans son cœur, car elle l'avait toujours traité avec un mépris manifeste quant à sa condition de bâtard. Ce fut donc de fort mauvaise grâce qu'il se rendit en son logis.

Les volets de sa mansarde étaient clos malgré l'heure avancée de la journée. Il toqua à l'huis, mais personne ne répondit. Il allait repartir, mais revint sur ses pas et, forçant un peu sur la porte, il pénétra céans. La masure était petite, sombre, mais propre et bien ordonnée. La Marion y vivait seule depuis le décès de ses parents, survenu des années auparavant. Josselin, son frère, était parti depuis belle lurette pêcher la morue dans les lointaines et glaciales mers de Terre-Neuve, et n'avait depuis donné signe de vie. Le lit n'était point défait et nul feu ne crépitait dans l'âtre. Nicolas ressortit. Comme la maison était isolée, il n'y avait pas de voisin à même de le renseigner. Il décida donc de s'en retourner vers la seigneurie.

Dans la vaste cuisine, il retrouva Thérèse en train d'interroger la Soizic qui pleurait comme un veau.

– Es-tu vraiment sûre d'avoir bien cherché partout ? Dedans et au-dehors ? Ah ! le maître va être ben déçu ! Bon, retourne à tes tâches, j'm'en vais lui annoncer la nouvelle.

Au même moment, l'intéressé parut sur le seuil.

– Inutile, Thérèse, j'ai tout ouï et moi-même arpenté le parc en vain. Ah ! Nicolas, te voici. Qu'as-tu à nous apprendre ?

Le jeune palefrenier relata sa courte et infructueuse visite au logis de la disparue. Le sire de Plancoët se frotta le menton d'un air pensif. La cuisinière intervint :

– Vous pensez qu'il y aurait un lien entre la disparition d'votre fameuse lettre et celle d'la Marion ? Qu'elle l'aurait dérobée ?

– Je n'en sais rien, mais c'est là, en effet, troublante coïncidence.

Et elle n'augure rien de bon, pensa-t-il pour lui-même.

Elle brûlait de lui demander en quoi ce courrier était si important, mais s'en abstint. Soudain, elle se frappa le front, farfouilla dans les pans de sa robe et en sortit un petit billet.

– Ah ! y a un valet qui vient juste d'apporter cela pour vous !

Côme s'en empara puis s'éloigna de quelques pas pour en prendre connaissance.

Messire,

Grâce à votre providentiel bandage et aux bons soins de ce cher Méréal, je me rétablis aussi bien que cela se peut, mais me languis de pouvoir remonter en selle. Me feriez-vous l'honneur d'une prochaine visite?

Il se trouve que mon père a reçu pendant quelques jours un vieil ami qui revenait de Prusse-Orientale, où il est passé par Leipzig et y a fait la connaissance du cantor de l'église locale, un musicien de trente-cinq ans qui se nomme Jean-Sébastien Bach.

Selon ses dires, il est extrêmement doué, tant par son talent d'organiste que de compositeur. Il maîtrise à merveille la technique du contrepoint et écrit des fugues fort originales à plusieurs voix, ainsi que de remarquables chorals. Je n'ai pas encore eu l'occasion de vous dire que je jouais de l'épinette chaque jour. Feu ma mère, qui m'a enseigné cet art subtil, me disait: « Vous verrez ma fille, un clavecin est bien plus qu'un ami, c'est un confident ». Elle avait cent fois raison. À chaque note gaie, votre joie résonne et se décuple. A contrario, *une œuvre composée en tons mineurs peut vous fendre l'âme et, dans votre interprétation, vous lui confiez vos tourments et chagrins les plus secrets. J'aimerais déchiffrer pour vous l'une de ses partitions.*

Votre redevable,
Anne du Plessis

Côme soupira et eut honte de lui. Il avait promis à Anne de la visiter, mais n'en avait encore rien fait. L'affaire de sa lettre le contrariait et il soupçonnait grandement Marion de l'avoir subtilisée. Mais si tel était le cas, le plus inquiétant était de savoir sur l'ordre de qui avait-elle agi ? Manifestement le piéger quant à ses recherches profanes et les réflexions qu'il développait au fil de sa correspondance avec des penseurs qui, comme lui, étaient en quête de vérité. Seul un homme d'Église ou quelqu'un qui nourrissait à son égard une haine tenace pouvait avoir intérêt à le confondre. Le nom de Bertrand Le Guennec s'infiltra en son esprit, mais il douta de cette idée.

Certes, le recteur de Plancoët n'avait jamais fait secret de son hostilité, mais que pouvait-il espérer en échange ? Pour l'heure, trop de questions demeuraient sans réponse et le renvoyaient à son impuissance. Alors il décida d'accepter l'invitation de la dame, demanda à Nicolas de seller Bucéphale et cueillit lui-même un bouquet de ses plus beaux asters pour se rendre au château des Plessis.

À la lisière du parc du domaine, Côme aperçut un homme d'âge mûr, vêtu d'un curieux accoutrement, qui se tenait devant de petites maisons en bois. Avançant dans sa direction, il entendit intense bourdonnement et comprit qu'il s'agissait de ruches. Étonnamment, l'homme avait le chef nu et ne semblait pas s'inquiéter du tourbillon des abeilles qui voletaient autour de sa personne sans qu'il ne subît la moindre attaque. Anne l'ayant entretenu de la passion de son père pour l'apiculture, il fut certain de se trouver en présence du comte du Plessis et se découvrit. À distance prudente, Côme lança avec force pour couvrir le vrombissement :

– Messire, je vous salue et vous prie d'accepter mes hommages.

Comme arraché à un rêve, l'apiculteur amateur mit sa main en visière pour se protéger de la lumière du couchant et contempler le cavalier. Il vint à sa rencontre.

– Bonsoir cher monsieur. Pardonnez-moi, mais ai-je l'honneur de vous connaître ?

Côme s'empressa de descendre de son cheval pour se présenter.

– C'est moi, messire, qui manque à mes devoirs. Je me nomme Côme de Plancoët et suis ici pour voir mademoiselle votre fille qui m'a convié. J'espère ne vous déranger en aucune manière.

Le comte lui saisit les deux mains avec chaleur.

– Bien au contraire ! Depuis la disparition de sa pauvre mère, je me désespère qu'elle ne s'amuse davantage avec des jeunes gens de son âge. Je vous sais d'autant plus gré de votre visite.

Côme observa cet homme doux et avenant. Dans son visage, il reconnaissait plusieurs traits de celui d'Anne : des yeux d'un bleu profond, un nez droit, une bouche fine, mais exempte du pli d'amertume qui marquait les commissures de celle de sa fille.

– Je vous remercie pour votre accueil, messire. Mais dites-moi, ne craignez-vous point que vos abeilles ne vous piquent ?

Le comte eut un sourire malicieux :

– Nenni. Comme tous les êtres vivants, elles n'attaquent que si elles sentent qu'on leur veut du mal.

Il précisa d'une voix sombre :

– Il n'y a bien que l'homme pour qui tout soit proie ou objet de convoitise. Allez, jeune homme, hâtez-vous de rejoindre ma chère fille. Mais je ne me joindrai pas à vous pour le souper, tant j'ai de tâches à accomplir.

Côme salua respectueusement, remonta en selle et partit au trot vers le château. Il fut accueilli par le majordome qui, poli mais distant, annonça d'un ton froid qu'il allait prévenir mademoiselle Anne et le priait de bien vouloir attendre dans la serre où on lui servirait un rafraîchissement. L'endroit était immense. Jamais il n'eût imaginé que l'on pût abriter et cultiver en un seul lieu une telle variété végétale : fleurs et plantes de toutes sortes, sèches, vivaces ou grasses, arbres nains, herbes aromatiques, chacune étiquetée de son nom en latin tracé d'une fine écriture violette. Fasciné, il déambula entre les allées parfaitement ordonnées. Côme avait beau parfaitement maîtriser la langue morte et posséder quelque savoir en matière botanique, il se rendit compte qu'il ne connaissait pas le quart des espèces répertoriées en cet abri enchanté.

– Incroyable, n'est-ce pas ? Je comprends que vous en restiez bouche bée.

Côme se retourna. Anne se tenait devant lui, suivie par une jeune servante qui portait un plateau sur lequel étaient disposés deux verres, un flacon de vin jaune et une large assiettée d'huîtres. Elle le déposa sur un petit guéridon, demanda à sa maîtresse si elle ne désirait rien d'autre, puis s'éclipsa.

– En effet, c'est inouï. Vous pouvez être fière de monsieur votre père.

Elle eut un rire amer.

– Fière ? Ô combien l'étais-je lorsque j'étais jeune ! Aujourd'hui, je le confesse, je suis un peu jalouse de toutes ces plantes avec lesquelles ce doux rêveur passe le plus clair de son temps. Quand il ne s'occupe pas de ses ruches, bien sûr ! Mais assoyez-vous donc et prenons cette collation avant que le souper ne soit servi.

Côme versa le vin et leva son verre :

– À l'heureuse guérison de vos côtes excepté, à quoi buvons-nous ?

Anne sourit et son exquise fossette se dessina. Elle tendit son verre à son tour.

– Je propose d'ajouter une libation en l'honneur de notre sauveur. Et aussi…

Elle laissa sa phrase en suspens.

– Aussi ?

Évitant son regard, elle prononça ces simples mots :

– Au baiser que nous avons échangé.

Côme tressaillit et se contenta de répondre en posant sa large main sur le fin poignet de la jeune femme. Après qu'ils eurent dégusté les huîtres, elle sollicita son bras et l'entraîna dans un ravissant petit salon rose où trônait la fameuse épinette. L'instrument en cyprès était délicatement orné de moulures décoratives incrustées d'un filet d'ébène. Avec émotion, Anne expliqua :

– Mon père l'avait offert à ma mère pour leur anniversaire de mariage. Il l'avait fait venir de Venise dans le plus grand secret. L'entreprise nécessita plusieurs mois de transport durant lesquels mon père retint son souffle, tant il redoutait que l'instrument ne subît quelque irréparable dommage. Après plusieurs semaines de retard, l'objet sacré arriva bel et bien et en parfait état. Ma mère fut bouleversée par ce présent dont elle avait toujours rêvé sans oser le demander.

Côme se demanda furtivement si son père à lui avait jamais eu de telles générosités pour sa mère. Il s'inclina :

– Me ferez-vous l'insigne privilège de m'en faire découvrir la sonorité en déchiffrant l'une des œuvres de ce fameux cantor de Leipzig ?

Anne prit place sur le tabouret. Elle ferma les yeux, détendit ses doigts puis les plaça délicatement sur le clavier. Alors, Côme fut pénétré par une musique d'une rare pureté. Son tempo lent et son apparente rigueur laissaient soudain place à des envolées inédites jusque lors. Aussi, quand Anne plaqua le dernier accord, avait-il les larmes aux yeux. La voix nouée, il s'enquit :

– Quel morceau venez-vous de jouer sans même en lire la partition ?

– Une aria extraite d'une suite orchestrale. Je suis tellement éprise de ce mouvement que j'ai l'ai déjà répété plusieurs fois et le connais désormais par cœur.

Prenant appui sur l'instrument, elle se leva, s'approcha de celui qui était resté debout près d'elle et, sans proférer une parole, prit sa main pour l'entraîner dans ses appartements.

NE DÉROGEANT JAMAIS à sa routine, Herlé s'était levé juste avant l'aube. Après avoir avalé d'un trait un grand bol de lait et dévoré la moitié d'un pain bis, il était sorti de sa cabane humer l'air marin. La lourde humidité dont il était chargé laissait augurer un satané brouillard qui allait compromettre la visibilité en mer jusques au soir. Il jura à plusieurs reprises et cracha par terre. *Mil maler toui!* Une journée de pêche perdue! Ne lui restait qu'à utiliser les longues heures qui l'attendaient pour nettoyer et ravauder ses filets, labeur ingrat, mais indispensable, qu'il abhorrait. Il descendit vers la grève en direction de sa barque et commença de s'atteler à la tâche. Varech enchevêtré, hippocampes séchés, étoiles de mer agglutinées qu'il fallait patiemment détacher sans déchirer les mailles, lesquelles avaient subi quelques dommages à cause des pinces des dormeurs et autres araignées qui s'y étaient retrouvés piégés. Quand Gwendoline, sa pauvre bonne femme, était encore de ce monde, c'était elle qui s'occupait de cette corvée, sans jamais se plaindre et avec autrement de dextérité. Il parvenait enfin à l'extrémité du premier de ses filets lorsqu'il y découvrit grande béance et pesta comme jamais. L'aiguille dont il s'était pourvu s'avérerait insuffisante pour réparer un trou de cette taille. En maugréant, il se dirigea au bout de la plage où se trouvait la remise qui contenait tout son fourbi : mât de secours, voiles de rechange, nasses à homard, lignes de pêche et tous ses outils rouillés par le sel et le temps. Il y régnait un relent de moisi particulier qu'il chérissait par-dessus tout, car il lui rappelait son enfance et son père.

À cause du désordre ambiant, Herlé peina à dénicher sa plus grande aiguille et le reste d'un vieux filet dont il se servirait pour son rafistolage. Il sortit et constata qu'à la faveur de la marée montante, un fort vent de suroît s'était levé, épaississant encore davantage cette maudite brume. Son filet dans les bras, il marchait vers son bateau quand, soudain, ses pieds heurtèrent une grosse masse informe le faisant s'étaler sur le sable de tout son long. Dans sa chute, l'aiguille placée dans sa poche avait piqué son train et il lâcha une fière bordée de jurons. Se relevant non sans mal, il se demanda dans quoi il avait bien pu buter et vit une toile grossière saucissonnée par trois cordes de chanvre. Intrigué, Herlé en défit les nœuds serrés, mais leur séjour en mer rendait la tâche impossible. Mû par un sombre pressentiment, le pêcheur alla quérir le grand couteau dentelé qui lui servait à couper la tête et la queue des poissons. Quand le dernier cordage céda sous l'impulsion de sa lame, il ne put s'empêcher de se signer avant que d'écarter les pans de la toile détrempée. Ce qu'il découvrit le révulsa d'horreur et un flot de bile s'échappa sitôt de ses tripes.

C'était un cadavre. Le cadavre d'une femme. De petits crabes verts avaient commencé de lui grignoter la face. Dégoûté, Herlé les ôta un par un, les rejetant avec rage aussi loin qu'il le pouvait. En dépit des yeux exorbités, de la peau bleuie et meurtrie, il reconnut les traits de la Marion. *Ma doué benniget*! Nul doute, la petite avait été assassinée par un mauvais drôle qui avait tenté de faire disparaître son corps en le balançant à la baille. Mais ce triste faquin avait mal dû le lester et il était remonté à la surface, drossé puis ramené par la marée.

Herlé examina le corps de l'infortunée à la recherche de la blessure qui lui avait été fatale. Il ne découvrit rien d'apparent, mais ses yeux s'embuèrent devant le ventre rond. Ainsi, deux personnes avaient péri en même temps : la Marion et son p'tiot. L'une qui ne verrait plus la lumière du jour et l'autre qui ne la connaîtrait jamais. Avec toute la délicatesse possible, il referma les pans de la toile et transporta dans ses bras son désolant fardeau jusqu'à sa masure. Ayant fait, il s'assit pesamment sur son tabouret et tenta de réfléchir. Bien sûr, la raison commandait d'alerter au plus vite le prévôt et les gens d'armes de sa macabre découverte. Sauf qu'en raison de la persistance du brouillard, il ne pouvait se risquer sur les mauvaises sentes avec sa carriole branlante tirée par sa vieille mule, brave, mais guère plus gaillarde. Sentant des frissons lui parcourir le corps, il alla se servir un petit godet de gnole, une eau-de-vie de poire qu'il conservait pieusement pour les grandes occasions ou les heures sombres, les secondes l'emportant de loin sur les premières. L'alcool lui fit du bien, interrompant un instant le tremblement de ses mains. Comme il n'y avait rien à faire avant que la brume ne se dissipe, Herlé s'approcha de la dépouille de la malheureuse qui reposait à même le sol, alluma une bougie et récita plusieurs fois la prière qui lui semblait la plus idoine :

– Je vous salue Marie.

Puis, soufflant sur la flamme vacillante, il ajouta d'une voix éteinte :

– Je te salue Marion.

LA VEILLE AU SOIR, quand Jacotte, plus fraîche et avenante que jamais, était venue le retrouver à la paroisse, Philibert lui avait expliqué qu'il devait, hélas, surseoir à leur répétition tant il se sentait fiévreux et douloureux. Il avait opportunément ponctué son maladroit discours de quintes de toux et refusé qu'elle ne lui touchât le front, de crainte qu'elle ne tombât malade à son tour. Elle s'était inquiétée de ce que le recteur lui eût peut-être transmis son mal, puis était repartie tristement en promettant de le venir visiter dès le surlendemain. Avec autant de rage que d'amertume, il la regarda s'éloigner sur la petite sente odorante qui menait là chez ses maîtres. Malade, certes, il l'était, mais pour de toutes autres raisons. Les images et les sons de la nuit précédente avaient marqué au fer rouge son esprit qui, depuis, ne lui laissait aucun répit. La nuit orpheline d'étoiles. La toile vulgaire et les cordes rugueuses. La barque dérobée. La lourde pierre embarquée. Les coups de rames en direction du large. Le remords qui étreignait sa poitrine. Le souffle qui commençait de manquer. La halte au milieu de nulle part. Le bruit du corps qui passait par-dessus bord. Le retour, plus pénible encore. Une fois la paroisse regagnée, Philibert s'était dirigé droit vers le tabernacle, avait empli le ciboire du vin de messe et avalé d'un trait l'aigrelet breuvage avant que d'aller s'écrouler dans sa mansarde.

Les gens d'armes en faction devant la prévôté s'ennuyaient ferme. Pour rompre la monotonie des interminables heures de service, ils discutaient avec animation des frasques de Philippe d'Orléans, le régent dévoyé et honni, lorsqu'ils virent approcher un étrange équipage. Dans un épouvantable grincement de roues, une carriole, qui avait connu des jours meilleurs au siècle dernier, s'arrêta devant eux et un homme en descendit. Il avait la face burinée des gens de mer qui ont fréquenté de trop près le soleil. À son allure et à ses vêtements, ils devinèrent qu'il s'agissait d'un marin pêcheur. L'homme ôta son bonnet et se présenta :

– Ben l'bonjour. J'me nomme Herlé et voudrais voir sitôt le prévôt.

Les trois hommes se regardèrent. Le plus gradé d'entre eux s'avança et lança d'un ton suffisant :

– Holà compère, on ne le dérange pas comme ça ! Que lui veux-tu ?

– Lui causer d'une triste affaire à laquelle j'ai, ben malgré moi, été mêlé.

L'officier bomba le torse et son regard se fit inquisiteur :

– Tu en as trop dit ou pas assez. Quelle affaire ?

Herlé soupira intérieurement. Il savait aussi bien lire dans l'âme des hommes que dans l'esprit du vent. Il se dit qu'il avait devant lui un sacré prétentiard et qu'il était inutile de louvoyer plus avant. L'entraînant à l'arrière de sa carriole, il désigna la bâche et en écarta doucement les rabats. L'officier se pencha, eut un haut-le-cœur et porta la main à sa bouche. Sa réaction avait attiré les deux autres qui, à leur tour, découvrirent l'horrible spectacle et ne purent se retenir de rendre à grands jets. S'étant quelque peu repris, le gradé rugit :

– Par le sang du Christ, qu'est-ce donc que cette abomination ?

Le pêcheur répondit simplement :

– Le cadavre d'une pauvre fille qu'j'ai trouvé avant-hier sur la grève. C'est pourquoi j'voudrais m'entretenir avec le prévôt.

Son calme parut suspect à l'officier, qui commanda à ses hommes de le saisir chacun par un bras. Sans prendre le temps d'essuyer les salissures qui avaient maculé leurs uniformes et leurs bottes, les gens d'armes s'exécutèrent et le conduisirent à la geôle.

Herlé enrageait. Il avait bien flairé les risques en amenant la dépouille de la pauvre Marion, car on se méfie toujours de ceux par qui le malheur ou les ennuis arrivent. Mais, morbleu, qu'aurait-il pu faire d'autre ? La rejeter à la mer ? La déplacer et l'abandonner à la voracité des crabes et des vers ?

Au bout d'une heure, les deux militaires vinrent le chercher et l'amenèrent dans le bureau du prévôt. C'était un petit homme rondouillard à la face débonnaire, mais au regard acéré. Il se repoussa en arrière sur son siège et déclara :

– Alors, bon homme, mon officier m'a relaté ta macabre trouvaille, précisant que tu voulais en parler qu'à moi. Tu vas donc me narrer toute l'affaire par le menu détail.

Debout, car il n'avait pas été invité à s'asseoir, le pêcheur fit le récit des funestes événements de l'avant-veille. Le fonctionnaire prenait des notes, hochait parfois le chef, demandait de-ci de-là une précision ou revenait en amont sur un élément qui lui semblait obscur. Il finit par reposer sa plume.

– Ainsi donc, tu connaissais assez bien cette malheureuse pour savoir qu'elle était grosse. Était-ce le fruit de tes œuvres ?

Comme s'il avait posé le pied sur une vive, Herlé s'écria :

– Nenni ! Depuis qu'j'ai perdu la Gwendoline, le goût d'ces choses-là m'a passé comme ben d'autres appétits. Mais à Plancoët, tout le monde sait ben qu'elle a… j'veux dire, qu'elle avait la cuisse légère et le feu où j'pense. Mais nul ne sait à c'jour qui c'est qui l'a éteint.

La formule fit intérieurement sourire le prévôt. Il se leva.

– Bien. Ta version des faits tient la route. Nonobstant, il n'est pas impossible que je sois amené à te poser d'autres questions dans les jours prochains, dès que le chirurgien aura pratiqué l'autopsie.

À ce mot aussi étrange qu'inquiétant, le pêcheur frémit :

– Que diantre va-t-il lui faire ?

Le haut fonctionnaire soupira :

– Examiner son corps sous toutes les coutures et l'ouvrir pour tenter de comprendre la raison de son trépas. C'est une première et indispensable étape afin de retrouver celui qui l'a tuée.

Côme avait quitté la couche d'Anne à l'aube. Elle dormait à poings fermés et il avait profité de son sommeil pour s'en retourner. Il menait Bucéphale au petit trot dans la claire lumière qui poignait, mais frissonnait sous le désagréable assaut du vent de noroît. Ses pensées étaient amères, car la nuit qu'il venait de passer avait un parfum d'échec et de profond regret.

Après qu'Anne l'avait entraîné dans sa chambre, ils s'étaient observés, aussi intimidés l'un que l'autre, ne sachant que faire d'eux-mêmes. Côme avait bien senti que, cette fois, il lui incombait de faire le premier pas. Il avait penché son visage vers le sien, fermé les yeux et uni sa bouche à la sienne. La douceur s'était rapidement transformée en ferveur et ils s'étaient dévêtus au plus vite pour répondre à l'urgence de leur désir. La jeune femme s'offrait, la gorge palpitante. Il avait caressé la pointe de ses seins, dévoré son cou et s'était étendu sur son corps. Après d'enfiévrées caresses, Anne l'avait supplié de venir en elle, mais nulle érection ne raidissait le membre de son amant. Alors, elle l'avait doucement saisi dans sa main et commencé un délicat va-et-vient. Las, la verge était restée inerte, comme sans vie. S'écartant de son amant, Anne avait pris sa tête entre ses mains et éclaté en lourds sanglots. Pétrifié, Côme n'osait esquisser le moindre geste devant cette détresse :

– Vous ne m'aimez pas, vous ne me désirez point ! C'est à cause de ma jambe, elle vous fait horreur, je suis un monstre. Pour l'amour de Dieu, partez, allez-vous-en !

Mais Côme était resté, expliquant avec douceur que c'était sa faute à lui et nullement la sienne. Qu'il la chérissait, qu'il allait demeurer auprès d'elle et la tenir tendrement dans ses bras cette nuit. Bercée par ses paroles, elle s'était finalement apaisée, puis profondément endormie.

DEUX JOURS APRÈS QUE, sur son ordre, le pêcheur eut été relaxé, Jacques Ollieric, le prévôt, relisait minutieusement ses notes. Le récit se tenait et jamais, au cours de l'interrogatoire, l'homme n'avait hésité ni ne s'était contredit. Le calme suspect qui avait alerté l'officier n'était qu'apparent. La rougeur de ses yeux trahissait le manque de sommeil qui avait dû suivre sa macabre découverte, et peut-être même le versement de quelques pleurs arrosés d'un bon coup de gnôle pour sombrer dans l'oubli. Au cours de sa carrière, le haut fonctionnaire en avait vu de toutes les couleurs : vils assassins au visage d'angelot, brutes épaisses finalement douces comme des agneaux, témoins qui mentaient comme arracheurs de dents pour se venger d'un rival ou d'un voisin, parents éplorés dont on découvrait l'infanticide perpétré.

En ses vertes années, il s'était souvent fait berner, mais aujourd'hui, sa solide expérience lui soufflait que le dénommé Herlé était un brave gars un peu rustre, incapable de commettre un crime, excepté envers les poissons et les crustacés. N'en restait pas moins qu'il avait une méchante affaire sur les bras et un assassin en liberté qu'il convenait de démasquer au plus vite. Il rassembla en son esprit l'ensemble des éléments portés à sa connaissance : le pêcheur avait dit que la victime menait vie fort dissolue, qu'elle était grosse, mais qu'il ignorait qui était le père. En toute logique, il était envisageable que cet inconnu pût être le meurtrier, refusant farouchement d'endosser une douteuse paternité. Il soupira, car s'il s'agissait de la bonne piste, l'enquête risquait de s'avérer longue et ardue face à la nombreuse liste des galants de la dévergondée. Plus improbable, mais plausible, le crime était l'œuvre d'une rivale. Une promise ou une épouse ulcérée que son homme ait culbuté et engrossé la drôlesse. La troisième hypothèse était celle du crime crapuleux. Or la victime ne possédait qu'une modeste masure et un seul parent encore vivant, son frère, parti depuis des années chercher fortune au large des côtes du Labrador. À moins que la maison ne recélât quelque objet précieux savamment dissimulé ou enterré dans le terrain attenant ?

Le prévôt convoqua son officier.

– Prends deux hommes et rends-toi au domicile de Marion Gallen. Fouillez-moi la maison de fond en comble, sans oublier le jardin. Privilégiez les endroits où la terre est meuble : sous les fleurs, les herbes et les légumes du potager.

Le gradé se permit une question :

– Que d'vons-nous chercher au juste ?

– Tout ce qui pourrait avoir de la valeur et justifier un meurtre. J'attends un rapport complet à votre retour !

Le lieutenant exécuta le salut militaire et sortit, heurtant au passage un homme qui entrait. Il allait repousser l'importun lorsqu'il reconnut Eustache Samzun, le chirurgien, qu'il laissa passer avec déférence. Dès qu'il le vit, le prévôt se leva pour l'accueillir et lui désigna un siège.

– Ah ! mon ami, j'imagine que vous avez achevé votre examen. Vous a-t-il révélé quelque chose qui me serait utile ?

Le praticien ajusta ses bésicles sur son nez, qu'il avait fort long, se racla la gorge et déclara d'un ton dénué d'émotion :

– Utile, c'est à vous d'en décider, mais je puis affirmer avec certitude ce qui a causé le trépas de cette petite.

Le prévôt connaissait suffisamment le vieux Samzun pour savoir qu'il aimait ménager ses effets et qu'un brin de flatterie aidait toujours à la poursuite du récit.

– Pour sûr ! Vous êtes le meilleur dans votre spécialité. Eh bien ?

– Les os du cou ont été rompus et elle est passée aussitôt.

Le prévôt fronça les sourcils :

– Vous voulez dire que *quelqu'un* lui a brisé la nuque ?

Le chirurgien qui n'aimait rien tant que la précision répéta :

– J'ai dit que les os du cou avaient été rompus.

– Vous suggérez donc qu'il pourrait s'agir d'un accident ? Qu'elle aurait pu chuter, par exemple ?

Le vieil homme se récria :

– Je ne *suggère* jamais rien, je constate des faits !

Réprimant son impatience, l'édile revint à la charge :

– A-t-elle subi des violences autres ?

– Nenni. À part les boursouflures dues à son séjour dans la mer et les morsures des crabes verts qui ont attaqué les tissus de la face. Mais en procédant à un examen, disons, plus intime, j'ai constaté un élément fort intéressant…

Le chirurgien faisait durer le plaisir, bien que le sujet qui les occupait ne s'y prêtât guère.

– Et ?

– Eh bien, figurez-vous qu'elle attendait des jumeaux. Cela est assez rare pour être souligné.

Le prévôt se tassa sur sa chaise. Il s'était attendu à une révélation autrement importante. Il ne montra pas sa déception, nota le fait, puis, après les formalités d'usage, remercia le praticien qu'il raccompagna jusqu'à la porte. Resté seul, il réfléchit. Pour l'instant, il devait attendre le retour de ses hommes. Il pourrait alors aviser en fonction de ce qu'ils auraient, ou non, découvert.

LA DOUCE JACOTTE se faisait du mauvais sang pour Philibert. Comme promis, elle était revenue le surlendemain le visiter dès la brune, mais les deux portes de la paroisse étaient closes et le bedeau introuvable. Ce même jour, des cris provenant de la chambre du recteur avaient alerté les voisins dont les maisons jouxtaient le potager paroissial, lesquels avaient trouvé Bertrand Le Guennec en proie à une fureur noire :

– Ce misérable ! Ce damné pourceau ! Oser m'abandonner en l'état pitoyable où je suis ? Ah ! mais il ne perd rien pour attendre !

Un violent accès de toux avait interrompu sa diatribe. Les bonnes femmes accourues à son chevet avaient refait son lit, servi chaud bouillon et promis de veiller sur lui à tour de rôle.

Au-dehors, leurs hommes se querellaient :

– L'bedeau a pas d'cœur d'laisser l'recteur tout seul, alors qu'il va passer.

– Ah ! ouais ? T'as vu comment qu'il le traite, le Philibert ?

– C'est vrai ! Toujours à lui gueuler dessus !

– Et alors ? Ce fieffé fainéant l'mérite, comme ta mule qui lève toujours le train au lieu de faire c'qu'on lui dit !

– Contrairement à ta femme, dès qu't'as le dos tourné…

– Répète un peu pour voir ?

Ils avaient failli en venir aux mains, mais les femmes, entendant le chahut, étaient accourues pour calmer leurs humeurs belliqueuses. Chacun était rentré chez soi, car la cloche venait de sonner six heures et que les estomacs commençaient à réclamer leur part de soupe et de pain bis frotté à l'ail. Seule Jacotte, dont l'appétit était en berne, s'était mise en quête de son ami, parcourant sans relâche les sentes qu'ils avaient coutume d'emprunter, ainsi que les clairières où ils s'assoyaient pour unir leurs voix. Mais elle s'en retourna chez elle bredouille, l'âme à marée basse.

THÉRÈSE FUT SURPRISE de voir arriver le seigneur de Plancoët en sa cuisine dès potron-minet, le teint pâle et les yeux creux. Elle lui servit sitôt son déjeuner. Il la remercia avec sa coutumière courtoisie, puis se mura dans le silence. S'affairant à sa besogne, elle espérait qu'il se confiât, mais nulle parole ne sortit de sa bouche. Alors, n'y tenant plus, elle interrogea :

– Sauf votre respect, j'vous trouve pas la mine ben fameuse c'matin. Vous vous êtes encore égaré en forêt ?

Il leva vers elle un regard lointain :

– Égaré ? Oui, peut-être est-ce là le terme qui convient.

Cette réponse, qui n'en était pas une, mit la cuisinière en émoi. Elle s'apprêtait à tenter d'en savoir davantage lorsque Évangéline surgit, grand panier de légumes dans les bras et large sourire aux lèvres.

– Ah ! seigneur Côme, que j'suis aise de vous revoir ! Comme vous l'pouvez constater, c'est moi qui suis la nouvelle aide de Thérèse et j'vous apporte belle récolte de bettes, artichauts et courgettes. Fallait vite les ramasser avec ce damné froid qui s'invite ben plus tôt que d'habitude!

– Comme toujours, il semblerait que notre cuisinière ait fait le bon choix. Maintenant, si vous le permettez, je vais me retirer dans mes appartements.

Juste après son départ, Évangéline observa:

– J'le trouve pas avenant comme d'habitude, notre bon maître. Il a l'air triste, on dirait même qu'il a des ennuis.

Thérèse avait beau fort apprécier la jeune femme, elle ne voulait point partager avec elle ses inquiétudes. D'un ton plus bourru qu'elle n'aurait voulu, elle ordonna:

– Eh ben, ces légumes? Faut m'les éplucher et les cuire avant qu'y se gâtent! Allez, mon petit, allez!

Anne du Plessis s'éveilla en sursaut. Elle venait de faire un terrible cauchemar où elle voyait sa jument se faire dévorer par une horde de loups affamés. De toutes ses forces, elle tentait de repousser la meute, mais ses jambes étaient enfoncées dans la terre jusqu'aux genoux et elle ne pouvait esquisser le moindre geste. Le cœur battant à tout rompre, elle se redressa dans son lit et constata qu'il était vide. Côme avait donc failli à sa promesse et n'était point demeuré auprès d'elle. Elle en conçut vive amertume. Cette nuit tant rêvée, cette nuit au cours de laquelle elle voulait s'abandonner à celui qu'elle aimait, cette nuit-là l'avait, hélas, renvoyée à son infirmité et son cortège d'humiliations.

Elle se leva, se dirigea vers son secrétaire dans l'espoir d'y trouver un billet, mais il n'y vit que son nécessaire de toilette et un livre entrouvert.

Le prévôt Ollieric était en train d'expédier les affaires courantes, lorsqu'on frappa à la porte de son bureau. C'était son officier qui rentrait enfin de sa mission.

– Alors ? Avez-vous trouvé quelque chose ?

Le subalterne s'épongea le front et fit un signe de dénégation :

– Rien. Pas le moindre objet ayant quelconque valeur. Rien, hormis ceci qui était dissimulé dans un sac de farine, ce qui m'a semblé pour le moins suspect.

De la poche de sa vareuse, il sortit un parchemin plié en quatre qu'il tendit à son supérieur.

– L'as-tu lu ?

– Nenni, je voulais vous l'apporter au plus vite.

– Tu as bien fait. Merci. Tu peux te retirer, je te ferai mander plus tard.

Une fois seul, le prévôt entama sa lecture :

À Geoffroy de Molay

Très cher et noble ami,

Je ne peux me confier qu'à vous tant le poids que j'ai sur la conscience est lourd à porter et peuple mes nuits d'effroyables cauchemars.

Au début de l'été, j'ai tué un homme de mes propres mains. Il ne s'agissait point d'un duel ou de l'issue d'une méchante querelle, je l'ai fait à sa pressante demande. Ce malheureux s'appelait Erwan et il était mon métayer. Suite au terrible incendie qui ravagea les écuries de ma seigneurie, son corps avait subi de très graves brûlures dont il ne parvenait à se remettre. Je l'allais fréquemment visiter car il était aussi mon ami. Un matin, il m'a supplié de mettre fin à son martyre. J'ai refusé. Mais il m'a supplié avec tant d'insistance que ma volonté a ployé devant sa détresse. Certes, cet homme était déjà condamné ! Mais avais-je le droit de me substituer à la volonté divine et hâter son trépas ? Cette question me hante. Aussi fais-je appel tant à votre érudition qu'à votre sagacité, car vous seul êtes apte à m'éclairer, me rassurer ou me condamner.

Fébrile, j'attends votre réponse.

Votre très sincère et dévoué,
Côme de Plancoët.

Sa lecture achevée, Ollieric ne put retenir un long sifflement. L'histoire relatée dans cette missive était tragique, tout comme le dilemme auquel son auteur avait été confronté. Le prévôt lui-même avait dû faire face à la lente agonie de sa femme. Mais il n'avait point commis l'irréparable, car la vie était sacrée et seul Dieu dans son infinie miséricorde pouvait décider de l'abréger. N'en demeurait pas moins qu'il tenait entre ses mains la confession signée d'un meurtre. Et, dans le même temps, un suspect de choix dans la scabreuse affaire qui l'occupait. Car il semblait évident que la fameuse Marion avait volé ce courrier à son maître pour le faire chanter et obtenir lourde bourse de louis en échange de son silence. Ce dernier aurait donc décidé de la supprimer ou, plus probablement, d'engager un sbire afin de ne point se salir les mains. À ce stade de réflexion, le fonctionnaire s'octroya une pause et se rendit à l'auberge où il avait ses habitudes depuis son veuvage. Le tenancier l'accueillit avec sa coutumière jovialité :

– Ben l'bonjour messire prévôt ! Vous avez d'la chance aujourd'hui, mon épouse a préparé le cochon de lait rôti au lard accompagné de chou-fleur braisé qu'vous appréciez tant. Vous allez vous régaler !

Son plat fumant posé devant lui, Jacques Ollieric se rendit compte qu'il n'était guère en appétit, par trop soucieux. Pourquoi la petite, qui ne savait point lire et ne pouvait donc réaliser l'importance dudit courrier, l'avait-elle dérobé ? Agissait-elle sur les ordres de quelqu'un ? Si oui, que diable cherchait le commanditaire ? Faisant fi de son déjeuner, au grand dam de l'aubergiste, il décida de se rendre à la seigneurie pour annoncer à Côme de Plancoët le tragique décès de sa servante, scruter la moindre de ses réactions et, selon, le mettre aux arrêts pour l'interroger.

L'INCROYABLE NOUVELLE s'était répandue comme traînée de poudre. Le sire de Plancoët était emprisonné, car on le soupçonnait d'avoir assassiné la Marion, dont le cadavre avait été découvert sur la plage par Herlé. Il se murmurait également qu'il aurait perpétré un autre meurtre, mais la prévôté restait fort discrète quant à cette seconde affaire. L'incrédulité avait fait place à la colère, tant les habitants de la seigneurie ne pouvaient prêter foi à pareille fable. À l'inverse, certaines langues de vipère prétendaient que cela ne les surprenait guère, invoquant l'attitude de cet homme hautain et taciturne qui ne faisait rien comme tout le monde. Les esprits s'étaient rapidement échauffés et de vifs échanges avaient eu lieu, assortis de quelques torgnoles.

Pour la première fois, Thérèse n'y avait pas mis son grain de sel. Effondrée, elle demeurait prostrée dans sa cuisine et seule Évangéline pouvait l'approcher.

– Allez, faut pas rester ainsi à pleurer toute la sainte journée! Prenez au moins un peu de bouillon, j'l'ai préparé tout comme vous m'l'avez dit.

Face à l'hébétude de la cuisinière, la jeune femme finit par s'emporter :

– *Ma doué benniget* ! C'est pas en restant collée sur vot' banc comme une bernique sur son rocher qu'vous allez pouvoir aider not' pauv' maître ! Vous êtes la seule apte à gérer la seigneurie en son absence et c'est ben c'qu'il aurait voulu ! Reprenez-vous !

À ces mots, le visage de Thérèse s'empourpra et Évangéline crut qu'elle allait se lever pour la gifler. Mais elle tapa du poing sur la table et déclara :

– T'as raison ! Tout le monde va se remettre au travail. Moi, j'irai dès demain matin avec Nicolas causer au prévôt pour lui dire qu'il s'fourvoie et que jamais not' sire aurait pu commettre c't'abomination !

Horrifié autant qu'humilié, Côme de Plancoët se morfondait dans une geôle étroite et malodorante. Il venait de subir un interrogatoire de plusieurs heures, au cours duquel il n'avait pu qu'avouer sa culpabilité dans la mort d'Erwan, mais nié farouchement le meurtre de Marion. Le prévôt ne lui avait laissé aucun répit, posant et reposant sans cesse les mêmes questions. Il avait répondu à chacune d'elles, sans jamais varier de version. Non, il n'avait pas tué Marion. Oui, il s'était aperçu que son courrier avait disparu. Non, il n'avait aucune preuve que sa servante l'eût dérobé. Oui, il savait depuis peu que la victime était grosse. Non, il n'était pas le père de l'enfant. Oui, il savait que le châtiment pour le meurtre de son métayer était la mort par décapitation à la hache. Non, il n'avouerait pas pour autant un deuxième crime qu'il n'avait point commis.

Résigné, l'infatigable fonctionnaire avait ordonné à ses gens d'armes de le jeter en cellule, sans toutefois le mettre aux fers, mesure qu'il n'estimait pas nécessaire.

Entre les quatre murs suintants, Côme méditait de sombres pensées. Ce n'était pas la mort qu'il redoutait, mais l'opprobre qui allait retomber sur le nom de ses ancêtres et, surtout, le sort des habitants de sa seigneurie, au premier rang desquels, sa loyale et zélée Thérèse. Il repensait aussi à Erwan, responsable involontaire des maux qui l'accablaient. Côme ne regrettait pourtant plus son geste, persuadé qu'il aurait semblablement agi, même s'il avait su ce qui l'attendait.

Refusant le brouet servi, il but l'eau à même le broc et, épuisé, s'endormit.

Depuis trois jours et deux nuits, Philibert n'avait pas quitté la cave de la paroisse où il s'était terré. Comme nul, jamais, n'y entrait, elle offrait le refuge idéal au proscrit qu'il était devenu, bien que personne, à part lui, ne le sût. Il ne dormait plus ni ne mangeait, tant le remords, cet ennemi sournois et impitoyable, le rongeait. Sans cesse, il entendait le bruit du corps de la Marion plongeant à pic dans les eaux noires qui devaient l'engloutir pour l'éternité. Sans cesse, il revoyait le doux visage de Jacotte, devant lequel il n'oserait plus se présenter.

Au soir du troisième jour, après avoir vidé la moitié d'un cruchon d'eau-de-vie, il décida d'en finir en mettant un terme à sa misérable existence. Il s'apprêtait à sortir lorsque, par le soupirail entrouvert, il ouït grand remue-ménage. C'étaient les habitants de Plancoët qui parlaient de l'arrestation du sire pour le meurtre de la Marion. Il s'approcha de la mince ouverture pour mieux écouter. À présent, les bonnes gens se querellaient en se balançant invectives et coups. Pantelant, le bedeau s'éloigna et se laissa choir de tout son poids sur la terre battue. Le remords fit place à une honte indicible, car un innocent allait payer pour son crime. *Crime*? Non, c'était un funeste accident, mais il était trop tard pour l'expliquer au prévôt. En attendant que la populace ne regagnât enfin ses foyers, Philibert mûrit une idée qui se transforma rapidement en plan d'action. Il évalua ses chances de réussite à une sur vingt, mais que pouvait bien risquer un homme qui avait déjà tout perdu?

Il était trois heures du matin et les deux gens d'armes en faction devant la prévôté luttaient contre le sommeil. Ainsi, bien qu'ils n'en eussent aucunement le droit, ils s'étaient assis sur de petits tabourets et jouaient aux cartes. L'un deux bâilla et s'agaça:

– Mais qu'est-ce t'attends pour jouer? D'façon, tu vas encore perdre une bonne partie de ta solde!

Goguenard, l'autre répliqua:

– P'têt' ben parce que t'as une chance de cocu.

Son compère rigola:

– Pour ça, faudrait que je sois marié et crois-moi, c'est pas demain la veille, vu que…

Il ne put achever et s'écroula, proprement assommé. Avant même que son partenaire n'ait pris conscience de ce qu'il se passait, lui-même reçut un violent coup au sommet du crâne. Comme ils n'avaient point eu le temps de crier, l'agresseur fut grandement soulagé. Il fouilla les corps inertes à la recherche des clés qui ouvraient les cellules de la prévôté, mais ne trouva rien. Le cœur palpitant, il se dirigea vers l'entrée principale et pénétra sans encombres dans l'austère bâtiment. Fort heureusement, nul soldat n'y tenait poste de garde et il dénicha les fameuses clés tout bonnement accrochées à un tableau placé derrière le bureau. Après avoir progressé à tâtons le long d'un étroit couloir, il atteignit les geôles. Des couinements le firent sursauter, mais il ne s'agissait que de rats qu'il venait de déranger et qui détalèrent entre ses pieds. Il distingua soudain puissant ronflement derrière l'une des portes. Une à une, il essaya les clés de l'imposant trousseau. À la quatrième, elle s'ouvrit en grinçant sur ses gonds. Il s'approcha du dormeur. Celui-ci se redressa subitement et le saisit violemment par le col :

– Qui es-tu ? Que me veux-tu ?

– Calmez-vous, de grâce ! Ne faites pas le moindre bruit, j'suis venu vous délivrer.

Le prisonnier semblait méfiant :

– Pourquoi faites-vous cela ?

Le bedeau ne s'était guère attendu à une telle question.

– C'n'est ni le moment ni le lieu d'en causer ! Suivez-moi et j'vous raconterai tout quand nous serons à l'abri.

Comme son sauveur, Côme n'avait plus rien à perdre, alors il s'en remit à lui et le suivit. Ils marchèrent près d'une heure jusqu'à une petite clairière. Philibert, après avoir vérifié que personne ne les avait suivis, les dirigea vers un épais bosquet et déclara :

– Nous pouvons faire halte ici et nous restaurer.

À la surprise de Côme, il sortit de sous une vieille souche un saucisson, du lard et un cruchon de vin, le tout enveloppé dans un morceau de toile. L'aube commençait à poindre et éclaira l'ingrat visage tavelé de son sauveur.

– Mais je vous reconnais, vous êtes le bedeau de la paroisse ! Pourquoi diantre avoir pris tant de risques pour me libérer ?

D'un geste, Philibert l'invita à s'asseoir et lui confia toute l'histoire, en précisant le rôle de chacun, dont celui de Marion jusqu'à son accidentelle et tragique fin. Abasourdi, Côme digérait à grand-peine ce récit. Ainsi, un complot avait été ourdi à son encontre, orchestré par de hautes instances ecclésiastiques, dont Bertrand Le Guennec, le recteur, n'était que le modeste et vil exécutant. Quand le bedeau prononça le nom de Léandre de Mériadec, un vague souvenir émergea de la mémoire de l'héritier des Plancoët. Son père avait quelquefois évoqué un certain Robert de Mériadec, ancien ami d'enfance, mais dont il ne parlait qu'avec condescendance, voire ostensible mépris. Se pourrait-il qu'il y eût corrélation avec la cabale aujourd'hui dirigée contre lui ? Mais son père n'était plus et ce n'était certes pas à l'intéressé qu'il allait poser la question.

Curieusement, il n'en voulait pas au bedeau pour son rôle dans cette méchante affaire. D'ailleurs, ne venait-il pas de mettre en péril sa propre vie pour sauver la sienne et réparer ses fautes ? Lui tendant le cruchon, ce dernier l'interrogea :

– Qu'allez-vous faire à présent ?

Côme n'en avait pas la moindre idée. Il avait provisoirement échappé à la peine de mort, mais aux yeux de la justice, il était un criminel en fuite que le prévôt allait traquer sans pitié. Impossible de regagner sa seigneurie, car c'était là que les gens d'armes se rendraient en premier. Il se trouvait donc livré à lui-même, sans argent, sans monture et sans refuge.

Traversé subitement par une idée, il demanda au bedeau :

– Puis-je solliciter un service de votre part ?

La réponse, assortie d'un jet de salive, ne se fit pas attendre :

– Après tout le mal que j'vous ai fait, pour sûr, vous l'pouvez !

Côme passa près d'une heure à la lui exposer et lui dessina même un plan précis pour l'exécuter.

Après une journée où elle n'avait point ménagé sa peine, distribuant à chacun son rôle afin que tout fût en ordre, Thérèse était exténuée. Évangéline l'avait fort efficacement secondée et la cuisinière lui savait gré de l'avoir bousculée. Las, à cette heure avancée de la nuit, en dépit de son immense fatigue, le sommeil la fuyait devant l'horreur de la situation.

La Marion grosse de six mois assassinée et le seigneur Côme accusé de cet acte abominable. Thérèse ne comprenait pas comment le prévôt, réputé pour sa perspicacité et son intégrité, en était arrivé à une telle conclusion. Pour couronner le tout, il y avait cette sombre rumeur qui circulait sur la possibilité d'un second crime. Le fait qu'il fût aristocrate exacerbait les passions. Quoi, ces gens-là se croyaient à ce point au-dessus des lois qu'ils pouvaient tuer en toute impunité ? Eh ben, c'en était fini de ce temps-là, ce n'étaient pas les pauvres gueux qui allaient trinquer à la place des puissants !

En l'occurrence, l'opinion était partagée comme jamais depuis l'exécution du comte de Horn, à la fin du mois de mars dernier. Cette affaire, aussi sordide que sensationnelle, avait enflammé les esprits, car c'était la première fois qu'un homme de haut lignage avait été condamné à être roué en place de Grève, tel le plus vil des malandrins. Mauvais sujet depuis l'enfance, mécréant, débauché et buveur notoire, joueur et tricheur invétéré, ce rejeton maudit couvert de dettes était allé jusqu'au meurtre pour une grosse somme d'argent.

Renseigné par ses informateurs, le comte de Horn avait décidé d'occire un dénommé Lacroix, le sachant détenteur d'un important paquet d'actions de la Compagnie du Mississippi. Car depuis qu'un certain Law avait inventé un audacieux système de capitalisation, la spéculation faisait rage et des fortunes pouvaient en un seul jour se faire et se défaire. Les sommes en jeu, parfois considérables, n'apparaissaient plus que sur de petits bouts de papiers, bien plus discrets et faciles à transporter que des coffres emplis d'or ou de bijoux.

L'assassinat eut lieu à Paris, rue Quincampoix, en l'hostellerie de L'Épée de bois, où il avait donné rendez-vous à sa proie. Pour faire passer l'agioteur de vie à trépas, Horn s'était adjoint les services de deux aigrefins. Mais le crime fut si maladroitement perpétré que les cris pitoyables de la victime attirèrent l'attention des clients de l'auberge. Arrêté par la police, dénoncé de surcroît par l'un de ses complices, le descendant des Horn et des Ligne fut condamné à la peine capitale sans autre forme de procès, n'ayant pas même eu droit à un avocat. Qu'il eût en outre ôté la vie un vendredi saint aggrava son cas. L'usage eût voulu qu'en raison de sa naissance, il fût proprement décapité à la hache, mais le régent, voulant faire un exemple, lui réserva le plus infâme des châtiments. Horrifiée par cet arrêt qui ravalait l'un des leurs, fût-il une fieffée canaille, au rang de la valetaille, la fine fleur de l'aristocratie avait défilé au Palais-Royal, tentant de faire ployer la volonté de Philippe d'Orléans, mais ce dernier était demeuré inflexible.

Le 26 mars de l'an de grâce 1720, lié sur une croix de Saint-André en présence d'une foule échauffée et considérable, le comte Antoine Joseph de Horn subit le supplice de la roue. Il devait recevoir très exactement quatorze coups de barre de fer. D'abord sur les membres inférieurs et supérieurs, puis au thorax et enfin, à la colonne vertébrale. Las, dès le cinquième coup, le comte se pâma et la populace conspua la maladresse du bourreau qui ne parvint à ranimer le condamné afin de lui infliger le reste de la sentence. La foule se dispersa, frustrée, mais consciente d'avoir nonobstant assisté à un événement historique.

Contrairement à beaucoup, Thérèse ne s'était point réjouie de cette exécution, annonciatrice de temps nouveaux qui ne lui disaient rien de bon. Selon elle, certains naissaient nobles, d'autres bourgeois, paysans ou gueux, et il en avait toujours été ainsi. Pourquoi vouloir changer l'ordre des choses, puisque c'était la volonté de Dieu ?

La cuisinière soupira et son estomac malmené lui rappela qu'elle n'avait pas mangé de toute la sainte journée. S'apprêtant à descendre à la cuisine, elle entendit des petits cailloux heurter le volet de sa chambre. Intriguée, elle ouvrit sa fenêtre et aperçut une silhouette massive qui se cachait sous le tilleul argenté. D'un ton mal assuré, elle demanda :

– Qui va là ?

Une voix basse et profonde répondit :

– Philibert, le bedeau de la paroisse. C'est l'seigneur Côme qui m'envoie. De grâce, ouvrez-moi!

La cuisinière reconnut le timbre si particulier de l'aide du recteur, mais se récria aussitôt :

– C'est impossible, il est détenu au fin fond d'une geôle et j'vois pas comment vous auriez pu lui causer!

Il soupira :

– Parce que la nuit dernière, je l'ai aidé à s'évader. Il avait prévu votre réaction et m'a donné un mot de passe pour que vous puissiez ajouter foi à mes dires.

Troublée, Thérèse s'enquit :

– Qu'a-t-il dit ?

– Que quand il était p'tiot, il n'arrivait point à prononcer votre nom et vous appelait « Tétée ».

Retenant ses larmes, elle annonça :

– Je descends.

Face à un cruchon d'eau-de-vie de poire, Philibert joua de nouveau franc-jeu et livra toute la vérité. La cuisinière était aussi effarée qu'abasourdie, mais la colère l'emporta et elle gifla le responsable des malheurs de son maître.

– Tout cela, c'est votre faute, soyez maudit!

Ce dernier encaissa.

– Je l'sais et c'est ben pour cela qu'aujourd'hui, je veux l'aider. Il a besoin d'argent, mais surtout de son cheval pour fuir. Il m'a dit qu'il avait dissimulé une importante bourse emplie de louis et de bijoux dans son *antre*. Pouvez-vous m'y conduire ?

La colère de Thérèse était retombée, mais elle demeurait méfiante face à ce rustre qui l'avait toujours rebutée. Le bedeau le sentit et sortit de sa poche une bague qu'il lui tendit.

– Cela aussi, il l'avait prédit et m'a donc chargé de vous remettre ceci.

C'était l'anneau de ses ancêtres, frappé aux armes des Plancoët. Thérèse s'en saisit avec dévotion, comme s'il se fût agi d'une relique. Ne parvenant à contenir plus avant son émotion, les larmes lui vinrent aux yeux.

– Suivez-moi.

Après avoir traversé d'interminables couloirs, ils débouchèrent dans la fameuse bibliothèque. Philibert ne s'était guère attendu à une pièce d'une telle dimension. Partout, des lambris de chêne abritaient des centaines, voire des milliers de livres. C'était un temple dédié à la connaissance, enfermant un trésor inestimable. Jamais, jusqu'à ce jour, il n'avait regretté d'être illettré. Son cœur se serra en pensant à Jacotte, sa douce promesse de lui apprendre à lire et tous leurs moments partagés. Jamais plus ils n'auraient lieu, car le rouge lui montait aux joues à la seule idée de reparaître devant elle.

La voix de la cuisinière l'arracha à sa mélancolie.

– Alors, où faut-il chercher ?

Le bedeau ferma les yeux pour se mieux concentrer et visualiser le plan de Côme. Repérant la mappemonde, il compta cinq pas et se retrouva devant un rayonnage très légèrement décalé. Là, il distingua un ouvrage plus volumineux que les autres. S'en emparant, il le posa sur la grande table de travail et ouvrit délicatement sa couverture. Le livre ne possédait aucune page, car elles avaient toutes été savamment découpées de façon à créer un coffret. La bourse était là, grosse des richesses qu'elle contenait, le prix à payer pour une fuite éperdue dans l'espoir d'une illusoire liberté. Thérèse en était bouche bée.

– Ah ben ça, si j'm'attendais ! Ainsi, vous m'avez point menti et le seigneur Côme vous a fait confiance lors qu'c'est lui qui paie vot'crime ?

Pour la première fois, Philibert soutint son regard, mais son timbre trahissait son désarroi.

– Il est vrai. Mais j'suis aujourd'hui le seul à pouvoir l'aider et il le sait. Tout comme il savait que vous m'apporteriez votre aide en dépit de votre légitime défiance.

Tandis que le bedeau avalait à la hâte quelque nourriture, Thérèse préparait un panier de victuailles pour le seigneur Côme. Elle ne pouvait accroire que ce fût le dernier et les larmes ruisselaient à mesure qu'elle l'emplissait de toutes les choses qu'il aimait. Auparavant, elle n'avait eu d'autre choix que de mettre Nicolas au courant de la situation afin qu'il sellât Bucéphale et plaçât dans ses sacoches tout ce qui pourrait servir à un homme en fuite. Le palefrenier avait obtempéré sans poser nulle question ni s'émouvoir d'aucune sorte.

Quand tout fut prêt et que tous trois se retrouvèrent en silence à la grille du parc, aucun d'eux ne trouva un seul mot à dire. Sans se retourner, Philibert prit le cheval par sa bride et s'enfonça sur le sentier qui menait vers les noires profondeurs de la forêt.

Côme attendit le retour du bedeau durant deux jours et deux nuits. Au début, il pensa qu'en dépit des précautions qu'il avait prises pour rassurer Thérèse, celles-ci s'étaient révélées insuffisantes pour gagner sa confiance. Mais à l'aube du troisième matin, ne le voyant toujours point venir, il en conclut que le scélérat s'était joué de lui et qu'il ne verrait plus jamais son cheval, et encore moins les richesses et les armes dont il avait si cruellement besoin. L'espace d'un instant, il fut tenté de regagner sa seigneurie pour en avoir le cœur net, mais songea aussitôt que les sergents du prévôt n'attendaient que cette occasion pour l'y cueillir. Il avait envie de hurler sa rage, mais se retint d'attirer l'attention. En vérité, il s'en voulait surtout à lui-même. Comment avait-il pu accorder sa confiance à un tel individu ? Que faire pour sortir de cette impasse ? Attendre la nuit pour se rendre au domaine du Plessis et supplier Anne de lui accorder pardon et abri ?

Nenni, ce serait par trop indigne et mettrait de surcroît la dame et son père en grande délicatesse. Côme arrêta qu'il ne pouvait demeurer plus avant en cet endroit maudit, sans monture, sans armes ni le moindre moyen de subsistance. Il cassa une branche qu'il tailla comme il put en pointe, de façon à pouvoir se défendre en cas de danger, puis se mit en marche en direction du couchant.

Il avait à peine parcouru deux lieues que le vent fouetta violemment la cime des arbres et que le ciel se teinta d'encre, annonçant imminent orage. Avant qu'il n'eût le temps se mettre à couvert, le tonnerre éclata et une pluie diluvienne s'abattit. Elle tomba sans répit pendant plus d'une heure, le trempant jusqu'à la moelle des os. Elle cessa d'un coup et le soleil revint, illuminant la forêt de ses rayons obliques. Il ôta sa vêture, la tordit et la mit à sécher sur des branchages. Comme il se mourait de faim, il se mit en quête de baies. Las, cette parcelle de la forêt n'en abritait point, mais il dénicha quelques coulemelles qu'il dévora. Épuisé par tant d'épreuves, le seigneur déchu se confectionna un lit de fougères sur lequel il s'étendit et s'endormit. Ce furent d'affreux spasmes au ventre qui le tirèrent de son sommeil, sitôt suivis de vomissements. Plié en deux, Côme se vidait et son gosier desséché porté au feu le faisait plus pâtir encore que sa tripaille dévastée. Il finit par tomber en pâmoison.

Une soif incommensurable l'arracha à sa torpeur. Il ouvrit les yeux, mais ne reconnut point le lieu de la forêt où il s'était évanoui. Où était-il ? Combien de temps avait-il perdu conscience ? Il voulut se mettre debout, mais la force lui manqua et il retomba épuisé. Un bras puissant l'aida à s'asseoir et lui fit absorber amer mais rafraîchissant breuvage. Sa vision était si brouillée qu'il ne put distinguer celui qui le faisait boire comme un nouveau-né. Côme ne l'identifia que lorsqu'il se décida à parler :

– Il semble qu'une fois encore, je devais te sauver la vie, puisque ainsi en ont décidé les esprits et forces sacrés de la forêt en me plaçant sur ta route. Dors à présent, nous causerons demain.

À l'aube, Côme s'éveilla d'un sommeil profond, dénué de rêves. Cathbad se tenait à ses côtés et lui tendit nouvelle décoction. Le goût en était si infect qu'il faillit la recracher, mais se força à l'avaler de crainte d'offenser son guérisseur.

Faiblement, Côme demanda :

– Que m'est-il arrivé ?

L'homme sans âge répondit d'un ton égal :

– Tu as mangé un champignon empoisonné et as bien failli en trépasser. Ce que tu as cru être une coulemelle était une *Lepiota helveola*, mais elle n'en a que la fallacieuse apparence comme tant de choses en ce bas monde. N'aie crainte, je t'ai soigné. Mais que diantre faisais-tu encore en ces lieux qui, décidément, semblent si réfractaires à ta noble personne ?

Faisant fi de l'ironie du trait, Côme narra son infortune, omettant toutefois sa malheureuse aventure avec Anne du Plessis. Il acheva son récit par l'odieuse forfaiture de Philibert, le responsable de tous ses maux.

Le druide questionna :

– Et ce fameux Philibert, à quoi donc ressemble-t-il pour l'apparence ?

Surpris par cette question, Côme répondit :

– Corps puissant, cou de taureau et une face ingrate sur laquelle la petite vérole a laissé fort vilaines traces.

– En ce cas, il s'agit bien du même homme et il ne t'a point trahi.

– Comment cela ?

Cathbad se leva et du bras, désigna le levant :

– Il y a trois nuits, deux de mes disciples ont trouvé son corps, roide mort. Il avait été proprement égorgé par des bandits, avant que d'être dépouillé par iceux.

Côme était abasourdi. Ainsi, le bedeau avait bel et bien promesse tenue.

– Quand je pense que j'ai douté de sa probité lors qu'il a perdu la vie pour me sauver. Et Bucéphale, mon cheval, l'ont-ils vu ?

– Nenni. Soit ces brigands l'ont volé, soit il s'est enfui. Que vas-tu faire à présent ?

En proie au plus vif désespoir, Côme prit sa tête entre ses mains.

– Point ne le sais, car j'ai tout perdu : honneur, biens, monture et, par-dessus tout, ma liberté. Ah ! Tu aurais bien mieux fait de me laisser passer.

La face courroucée, le druide tonna :

– Assez de jérémiades et de vaines complaintes ! Si aujourd'hui tu te trouves à cette étape cruciale de ton existence, c'est pour de multiples raisons, lesquelles obéissent à la loi immuable du karma. *Primo*, c'est toi qui, guidé par le Gardien du Seuil, as choisi ton incarnation, avec tout ce qu'elle comportait de forces et de faiblesses, de joies et de tourments. *Secundo*, le souvenir de tes vies précédentes te suit comme une ombre. Les bonnes et les mauvaises actions, mais également la moindre de tes pensées, car elles sont aussi puissantes que les actes. *Tertio*, l'épreuve que tu traverses aujourd'hui, si redoutable soit-elle, est la meilleure chose qui te pouvait advenir pour t'amener sur ton chemin de vérité et te révéler à toi-même.

Côme releva le chef, le regard empli d'incompréhension :

– Que veux-tu dire par là ?

Le druide secoua la tête, puis d'une voix plus douce, comme s'il s'adressait à un enfant qu'il fallait rassurer après l'avoir grondé, il reprit :

– Jusqu'à la nuit du terrible incendie, tu as mené bien trop tranquille existence, partagée entre ton amour des chevaux et celui des livres, sans jamais prendre le moindre risque. Et cependant, il y avait en toi quelque chose d'inassouvi qui se manifestait à travers tes recherches pour tenter de comprendre l'ordre et la finalité des choses. Apprends qu'ils se dissimulent dans le cours même de la vie, ses méandres infinis et son cortège de choix et d'épreuves. À présent que tu es guéri, tu partiras dès demain. En attendant, pour relier ton esprit aux forces telluriques de la Terre, je vais t'aider à faire taire le flot incessant de tes pensées.

Avant même que l'aube ne rosisse, Cathbad sortit Côme du lourd sommeil où il l'avait plongé. Il lui remit une longue tunique blanche de lin, car ses habits trahissaient l'aristocrate en fuite. Le druide l'invita à se laisser pousser barbe et cheveux et se munir d'un bâton. Ainsi, il passerait pour l'un des leurs aux yeux de ceux qu'il croiserait. Cathbad lui offrit aussi du pain, ainsi que des fruits, baies et herbes médicinales. Puis il le bénit en frappant son front, sa poitrine et ses épaules avec une fine branche de gui. Enfin, l'homme des bois fit ultimes recommandations :

– Bannis à jamais la colère et la peur de ton cœur. Écoute le chant sacré de la nature et laisse-toi guider par tes intuitions. Elles seules sauront te conduire là où tu dois te rendre. Maintenant, va.

CÔME MARCHAIT en direction du couchant, mais, sans qu'il n'en sût le pourquoi, il avait légèrement incliné sa trajectoire vers le sud. Il ressassait les paroles du druide. Certaines trouvaient grande résonance en son esprit, tandis que d'autres heurtaient son âme par leur implacable rudesse.

S'il avait mené vie fort tranquille, du moins pouvait-il se targuer d'avoir toujours traité ses gens avec équité et, en toutes choses, essayé de se bien comporter. Il repensa à sa chère Thérèse, regrettant de n'avoir eu le temps de la mettre à l'abri des suites de sa méchante affaire. Qu'allait-il advenir de son domaine? Suite à sa disgrâce, allait-il être saisi par la justice et ses habitants livrés à la misère? À cette perspective, son cœur se serra. Plus il avançait dans la forêt, plus ses sens étaient aux aguets. Aussi sursauta-t-il lorsqu'il entendit le galop de deux chevaux et les puissants aboiements d'un chien. Des gens d'armes lancés à ses trousses, sans nul doute. Comme il se trouvait au beau milieu d'une clairière, il lui fallait au plus vite se mettre à couvert. Il roula sous un lit de hautes fougères et s'y enfonça tant bien que mal. Les chevaux s'étaient arrêté, essoufflés par l'effort qu'ils venaient de fournir. Mais le chien eut tôt fait de déceler sa présence et surgit juste devant lui. C'était un dogue allemand, un molosse dont la puissante mâchoire pouvait en un instant lui arracher la gorge.

Côme pensa sa dernière heure arrivée, mais un timbre clair et familier appela :

– Laisse, Sorbonne, laisse !

Anne du Plessis ! Encore tremblant, Côme sortit de sa dérisoire cachette et se présenta devant elle. L'émotion de le revoir empourpra son visage, mais elle tenta de contenir son émotion.

– Depuis que j'ai appris la terrible accusation qui vous accable, je parcours la forêt sans relâche afin de vous apporter mon secours. Comme j'avais conservé une étoffe vous appartenant, je l'ai donnée à mon chien qui vous a enfin retrouvé.

Le seigneur aux abois esquissa un pâle sourire. Anne montait sa jument grise et tenait par la bride un bel alezan.

– Aidez-moi à descendre, je vous prie, nous avons à causer d'urgence.

Ils s'installèrent à l'abri d'un épais bosquet. La jeune femme avait apporté autant de provisions que les sacoches de ses montures le permettaient et ils dévorèrent rôts, cochonnailles, pain et fruits de saison, le tout arrosé de bon vin. Au cours du repas, Côme lui raconta sa terrible et sordide affaire à voix basse, comme s'il redoutait que ses pourfendeurs ne fussent dans les parages. Anne, convaincue de l'innocence de l'homme qu'elle aimait, découvrait l'ampleur du complot dont il avait été victime et le rôle funeste joué par les différents acteurs de cette tragédie. De son côté, elle lui apprit que l'évêque s'était rendu en personne chez le prévôt, le vouant aux gémonies pour avoir laissé échapper un si dangereux proscrit. Léandre de Mériadec avait en outre annoncé à l'édile que sa propre police était lancée à la poursuite du criminel, puisque la sienne était incapable. Côme demeurait interdit. D'où venait cette haine que l'homme d'Église nourrissait à son endroit ? Il posa brusquement la main sur le bras de la jeune femme.

– Vous ne pouvez demeurer un instant de plus à mes côtés, car courez trop de périls. Je vous conjure de repartir sur-le-champ sur vos terres sous la protection de monsieur le comte votre père.

Elle lui lança un regard ardent :

– Nenni, je pars avec vous ! N'avez-vous donc pas compris à quel point je suis éprise de vous et ne saurais envisager mon existence sans vous ?

– Anne, votre aveu me bouleverse, mais je suis indigne de vos sentiments. L'heure n'est plus aux projets d'avenir car le mien est tout tracé : je dois fuir au plus loin pour échapper à la traque de mes ennemis, et découvre avec effroi combien ils sont nombreux et déterminés. Je vous en conjure, partez au plus vite !

Imperturbable, la jeune femme déclara :

– Non, à cela je ne puis me résoudre. Que m'importent les dangers, je les affronterai avec vous !

Comprenant que la dame resterait sourde à chacun de ses arguments, Côme prit la décision la plus difficile de toute sa vie.

– J'implore votre pardon si je vous ai laissée vous méprendre sur la nature de mes sentiments à votre égard. Mais il est ici question d'amitié, et non d'amour. Votre sollicitude m'est précieuse, tout comme l'aide que vous voulez m'apporter. Or, je me dois de vous détromper devant le péril qui me guette et que vous vous apprêtez à partager. Par pitié, partez maintenant.

À ces mots, le beau visage d'Anne du Plessis exprima tour à tour incompréhension, stupeur et rage. Blême, elle se leva avec difficulté et refusa le bras qu'il lui tendit. Sa voix s'étrangla dans sa gorge :

– Jamais je ne vous aurais cru si vil et hypocrite. À présent, je comprends mieux votre impuissance de corps, elle est l'exact reflet de votre lâcheté. Adieu, messire !

Animée par l'énergie du désespoir, elle parvint à monter seule en selle et s'empara de la bride de l'autre monture. Avant que de piquer des deux, elle sortit de la poche de sa robe une épaisse bourse qu'elle lança à ses pieds comme on jette un os à un chien. Puis, ravalant les larmes qui lui montaient aux yeux, elle mit sa jument au trot, puis au galop.

Après son départ, Côme resta un long moment prostré. Par amour pour cette femme, il était allé jusqu'à s'en faire haïr afin de sauver son honneur et sans doute sa vie. Il contempla la bourse, dont certaines pièces s'étaient éparpillées. Il songea à Judas qui s'était pendu à la branche d'un arbre après avoir livré le Christ pour la somme dérisoire de trente deniers. Curieusement, en un tel moment, il se remémora un échange épistolaire qu'il avait eu avec son regretté Paolo Farnese.

Ah ! Judas l'Iscariote, le traître absolu qui a permis l'arrestation de Jésus en lui donnant un baiser pour le désigner !

Tout comme vous, mon cher Côme, je me suis longuement interrogé sur le rôle tragique et maudit de ce fin lettré. Et si, à l'inverse de ce que nous disent les Évangiles, il avait été le plus dévoué des apôtres en acceptant d'endosser le rôle du damné pour l'éternité? Fascinante théorie en vérité. Car si l'on admet que le Christ connaissait à l'avance tout ce qu'il allait advenir, Il avait besoin d'un tel homme pour délaisser Son enveloppe charnelle avant que de ressusciter.

Souvenez-vous de Ses ultimes paroles sur la croix: « Père, entre tes mains, je remets mon esprit. Tout est accompli. » Tout est accompli! C'est-à-dire la réalisation d'un plan divin, annoncé depuis la nuit des temps par les Écritures pour qui savait les lire et surtout les interpréter. Un plan qui nécessitait que chacun jouât son rôle, Judas y compris.

Côme se demandait par quels étranges méandres son esprit lui remettait ces mots en souvenance. Avait-il trahi Anne en poignardant son cœur ou l'avait-il sauvée en sacrifiant ses propres sentiments? Car il aimait cette femme: son esprit délié, sa soif de liberté, cette façon mutine qu'elle avait de le provoquer, ses failles et son courage.

De nouveau, il contempla la bourse reposant sur l'humus, se demandant s'il devait s'en saisir ou la laisser. Le druide avait raison. Rien, dans les innombrables livres, essais et opuscules qu'il avait lus, n'enseignait comment il convenait de se comporter dans la vie, surtout lorsque son cours traversait de tumultueuses épreuves.

La dernière phrase prononcée par Cathbad s'imposa alors à lui: « Laisse-toi guider par tes intuitions. Elles seules sauront te conduire là où tu dois te rendre. »

Traqué par la police du régent et celle, peut-être plus dangereuse encore, de l'archevêque, il lui fallait au plus vite quitter le royaume de France. Il se décida pour le port de l'Orient, dans l'espoir de pouvoir embarquer vers des terres lointaines. Mais pour cela, il lui fallait de l'argent afin de monnayer son hasardeux et périlleux voyage. Alors, en dépit de sa répugnance à s'en saisir, il ramassa la bourse et la dissimula dans sa tunique.

À PEINE L'AUTOMNE AVAIT-IL pris la place de l'été, qu'un vent mauvais s'était levé, arrachant aux branches leurs dernières feuilles et augurant un hiver d'une impitoyable rigueur. Tous les habitants du territoire gardaient en sinistre mémoire celui de l'an de grâce 1709, qui avait ravagé leurs récoltes, causé immense famine et engendré incalculables décès.

À Plouharnel, en la seigneurie de Kerloguen, Maël le Boiteux, le vieux maréchal-ferrant, en conservait vive souvenance. C'était en cette même année qu'Arzhur, le maître des lieux, avait perdu son dernier enfant, renié Dieu et saccagé Son église avant que d'embarquer pour les Amériques, où il était devenu capitaine pirate cruel et redouté. Cela, Maël l'avait appris de la bouche de Morvan le vacher, petit bâtard de la seigneurie, qui avait suivi son maître aux confins du monde. Sans crier gare, il était revenu un soir à Kerloguen et avait relaté au vieux serviteur les avatars et aventures de leur équipée commune. Après avoir ouï ce récit, un échange des plus houleux s'en était suivi, car le Boîteux, horrifié par la profession maudite par tous deux embrassée, l'avait couvert d'opprobre. Leur vive querelle fut interrompue par Barbe, la vieille et fidèle nourrice, qui, sentant sa dernière heure arriver, avait voulu causer avec Morvan, avant de rendre l'âme. Après cet ultime entretien, Morvan était reparti au cœur de la nuit, comme s'il eût été avalé par les ténèbres, et nul n'avait plus jamais entendu parler de lui.

Maël ressassait cette affreuse nuit que le froid avait ravivée. Il se leva péniblement du banc où il était assis et s'apprêtait à se rendre à la cuisine y prendre chaud bouillon de soupe, lorsque son regard fut attiré par une étrange silhouette campée au bout de l'allée des tilleuls argentés. Un homme mince de haute taille, uniquement vêtu d'une tunique blanche en dépit de la froidure. S'agissait-il d'un ermite, d'un pèlerin venu chercher gîte et couvert pour la nuit ou d'un pauvre hère à l'esprit égaré ? L'homme fit quelque pas en sa direction, puis s'arrêta, comme s'il n'osait s'approcher davantage, tel un animal traqué ou blessé. Il portait cheveux longs, barbe fournie et tenait à la main un bâton. Les deux hommes se considérèrent un moment sans parole prononcer. Ce fut Maël qui rompit le silence.

– Que voulez-vous ?

L'étonnant personnage scruta les alentours. Paraissant rassuré, il répondit enfin :

– Juste m'abriter du froid pour cette nuit. Si, dans une grange, vous aviez quelque botte de foin, elle me fera le plus doux des lits et, d'avance, je vous en remercie.

Maël le Boiteux donna son assentiment. Il n'avait jamais quitté le village où il était né ni la seigneurie. Mais il savait lire l'âme des hommes et sentit que ce visiteur n'était pas ce qu'il paraissait. Il lui offrit de se restaurer en partageant la soupe qui mijotait dans l'âtre, préparée le matin par la jeune Nolwenn, que Lancelot, son maître, avait engagée quelques jours avant son trépas. À la seule manière dont son hôte se saisit de sa cuiller et but son potage, il comprit qu'il avait affaire à un homme de condition. D'ordinaire taiseux, le vieux maréchal-ferrant posa nonobstant question à l'étranger.

– Vous êtes-vous égaré ?

S'inspirant de la rhétorique de Cathbad, dont il usait dès qu'il rencontrait quelqu'un, Côme affirma d'un ton inspiré :

– Nenni, je vais là où le chant de la nature me guide. C'est seulement le froid qui m'a surpris par sa prompte rudesse.

Comme il n'ajoutait rien, Maël alla s'emparer d'un flacon d'eau-de-vie et de deux godets qu'il emplit à ras bord.

– Ceci vous réchauffera mieux le corps qu'aucune nourriture ne saurait le faire. Sauf, bien sûr, si vous ne buvez point d'alcool.

Se souvenant que les druides, à l'instar du Christ, ne dédaignaient pas le fruit de la vigne, Côme accepta le verre et tous deux trinquèrent.

– Êtes-vous un ermite ou l'un de ces druides qui officient secrètement au sein de nos mystérieuses forêts ?

Côme but une petite gorgée du fort breuvage avant de répondre :

– Je ne suis encore qu'un apprenti, car il ne faut pas moins de vingt ans pour prétendre à ce titre.

Ayant vidé son godet d'un trait, le vieux fit claquer sa langue :

– Vingt ans ? Peste ! Moi, j'aurais jamais eu la patience ! Avant que de devenir maréchal-ferrant, j'étais métayer. C'est mon père qui m'a transmis le métier, car ces choses-là ne s'enseignent point. On observe, on ressent et c'est comme cela qu'l'on apprend. Mais avant c'la, que faisiez-vous ?

Côme redoutait depuis le début pareille question. Comme tous ceux qui haïssaient le mensonge, il était gourd à l'exercice et craignait, par maladroits propos, de se trahir.

– Je cherchais ma voie. Orphelin de bonne heure, j'ai dû me débrouiller seul, sans parents, sans famille et sans maître. Jusqu'au jour où j'ai rencontré un druide qui m'a ouvert les yeux et permis d'entamer mon apprentissage. Maintenant, si vous le permettez, j'aimerais prendre quelque repos, car une longue route m'attend dès demain.

Sans mot ajouter, Maël se leva, prit une couverture, une lanterne et conduisit son hôte jusqu'aux écuries. Voyant les chevaux et humant la senteur de l'avoine et du crottin qui emplit ses narines, Côme tressaillit, tant ces stalles lui rappelaient son ancienne vie. Son trouble n'échappa point au vieux.

– Craignez-vous les chevaux?

– Bien au contraire, je goûte fort la compagnie de ces magnifiques créatures et suis bien aise de passer avec eux la nuit. Je vous remercie pour votre hospitalité et repartirai dès demain à l'aube.

En dépit de sa fatigue, Côme ne ferma pas l'œil de la nuit. Il ne cessait de repenser à tout ce qu'il avait traversé depuis sa fuite éperdue, quelques semaines auparavant. S'il avait tenté de se débrouiller dans la forêt, buvant l'eau des ruisseaux et dévorant les baies qu'il ramassait, cela ne suffisait point à satisfaire son appétit et ses forces s'étiolaient. Quand la faim le tenaillait par trop cruellement ou que le mauvais temps interrompait son périple, il faisait halte en quelque ferme pour y solliciter nourriture et abri pour la nuit. En ces villages reculés, et parfois désolés, de la basse Bretagne, il avait rencontré toutes sortes d'hommes et de femmes. De braves et simples gens, pour la plupart, ne doutant pas de son statut de druide, tant il s'accordait à son allure. Certains lui demandaient de bénir un aïeul mourant, d'autres le suppliaient de guérir leur enfant ou chasser le mauvais œil et les démoniaques korrigans, responsables, selon eux, de tous les maux qui les accablaient. Grâce aux herbes médicinales que Cathbad lui avait confiées et à ses propres connaissances, Côme avait parfois pu alléger des souffrances et prodiguer sains et utiles conseils. Par prudence, il ne restait jamais plus d'une nuit au même endroit, repartant à la fraîche afin de poursuivre vers l'océan. Ses sens s'étaient aiguisés, mais son esprit, surtout, avait acquis remarquable acuité.

Un soir où il avait fait halte dans une ferme du pays de Vannes, il avait modeste dîner partagé avec la nombreuse famille qui y vivait, ou plutôt survivait, tant elle était accablée de dettes. Au cours du repas, il avait appris que cette fâcheuse situation était la résultante d'une succession de mauvaises récoltes, ainsi que d'une fièvre redoutable qui avait décimé la moitié de leur cheptel de bovins. Ému par la détresse de ses hôtes et l'extrême précarité en laquelle ils se trouvaient, Côme avait payé en piastres plus que le prix de son repas, avant de gagner l'étable et la couche de paille qu'on lui avait assignée pour la nuit. Bien avant le point du jour, il s'était éveillé, tous les sens en alerte. Non loin de lui, deux hommes discutaient à voix basse.

– Et moi j'te dis qu'les druides, ils ont pas d'argent puisqu'ils vivent des offrandes en échange de leur magie !

– Tu penses donc que cui-ci s'rait un menteur doublé d'un voleur ?

– Et p'têt' pis encore!

Le second interlocuteur avait paru effrayé:

– Que diantre veux-tu dire?

– Tu t'souviens, la semaine dernière quand j'suis allé à la foire aux bestiaux pour y vendre notre dernière génisse?

– Pour sûr j'me rappelle, et même que j'étais pas d'accord avec toi. Eh ben?

– Ben, mes affaires faites, j'suis allé boire un coup à la taverne avec l'ami Briac. À la table juste à côté d'la nôtre, y avait des gens d'armes qui causaient à voix basse d'un gars qu'ils recherchaient. Paraît qu'il avait occis une pauvre fille et qu'il avait réussi à s'évader de sa geôle, juste avant qu'on le pende haut et court. Et le plus beau de l'histoire, c'est que le gars, c'est pas un pauv'gueux comme nous, c'est un noble!

– *Ma doué benniget*! Mais rien ne nous dit qu'il s'agit d'notre gaillard?

– Non, rien. Mais si c'est ben ce faquin-là, j'ai ouï parler d'une fière récompense pour qui le livrerait... Alors, v'là mon idée: on va profiter de son sommeil pour l'assommer, l'attacher et alerter la prévôté. Saisis-toi d'une bûche, moi j'le maintiendrai fermement.

Dès le début de l'échange entre les deux fils de ferme, avec l'agilité et la discrétion d'un chat, Côme avait réussi à grimper jusqu'au grenier de la grange où était entreposée la réserve de fourrage. L'on n'y voyait goutte, mais au bout de quelques instants, ses yeux s'étaient accoutumés à l'obscurité. Évoluant à tâtons, il avait fini par trouver une ouverture par laquelle sauter et fuir. Il évalua la hauteur à plus de trois toises, ce qui présentait grand risque qu'il ne se brisât la jambe en se recevant sur le sol. Mais comme il n'avait nulle alternative, il s'était élancé dans le vide. Le choc, des plus rudes, Côme l'avait ressenti jusqu'au sommet de son échine. Pour son heur et son salut, il était en mesure de se mettre debout et de marcher douloureusement droit devant lui, se fondant dans l'encre de la nuit.

À l'instar de l'homme qu'il venait d'installer dans les écuries, Maël ne put trouver le sommeil. Depuis le trépas du cadet des Kerloguen, le Boiteux était en proie aux plus vives inquiétudes. Qu'allait-il advenir de la seigneurie, puisqu'il n'y avait plus aucun héritier de souche pour la diriger? Sur son lit de mort, d'une voix devenue quasi inaudible à cause du terrible mal qui affectait sa gorge, Lancelot lui avait confié avoir fait le nécessaire auprès de son notaire, sans fournir plus amples détails. Mais depuis trois mois qu'il était passé, nul courrier n'était parvenu et personne ne s'était présenté pour réclamer droit de propriété.

À peine l'aube avait rosi le ciel et le glacial vent de noroît chassé les lourds nuages de traîne, que le vieux se leva péniblement et se rendit aux écuries. Comme il l'avait annoncé la veille, son visiteur était déjà parti et Maël récupéra la couverture qu'il lui avait prêtée pour la nuit. Il s'apprêtait à quitter les lieux lorsqu'il entendit des gémissements. S'approchant de la source du râle, il découvrit, couché au sol, l'apprenti druide qui semblait atrocement pâtir.

– Qu'avez-vous? Vous êtes blessé?

Grimaçant un pâle sourire, l'inconnu répondit:

– Il y a deux lunes, j'ai mauvaise chute faite. Je pensais que cela n'était rien, mais apparemment, je me suis trompé car en cet instant, je ne puis bouger.

Le Boiteux, qui avait tant souffert dans sa chair suite à la mauvaise ruade d'un percheron, comprit que l'état de l'homme étendu à ses pieds était grave.

– Je m'en vais sitôt quérir de l'aide pour vous transporter au château et faire mander un chirurgien.

D'une voix étranglée, le malheureux s'écria :

– De grâce, n'en faites rien !

La peur et le désarroi de sa supplique n'échappa point au maréchal-ferrant. Faisant fi de ses propres douleurs, il s'agenouilla auprès de lui :

– Depuis votre arrivée hier, j'ai senti que vous étiez autre que ce que vous prétendiez. Alors, je ne vous le demanderai qu'une seule fois : êtes-vous un proscrit en fuite ou l'un de ces nobles bretons qui ont rejoint l'armée du marquis de Pontcallec ?

Face à si directe parole, l'ultime descendant des Plancoët fut tenté de se dérober derrière la deuxième hypothèse énoncée. Mais il ignorait tout de ce fameux Pontcallec et craignit de se trahir par la suite. Paralysé par la douleur, il était de toute façon à la merci du vieil homme qui le fixait en attendant sa réponse.

– Je ne suis ni l'un ni l'autre, mais mon histoire est si insensée que vous aurez grand-peine à l'accroire.

Quelques mois auparavant, effectuant sa brève promenade quotidienne, Maël avait eu la stupeur de découvrir un pauvre hère prostré au pied du grand chêne qui bordait la seigneurie. C'était un géant, mais qui pleurait comme un enfant. Impressionné autant qu'ému par le spectacle, le vieux maréchal-ferrant avait tenté de le faire parler. En guise de réponse, il avait obtenu de grands gestes désordonnés. Or, voyant qu'il ne parvenait à se faire comprendre, le géant avait fini par ouvrir grande la bouche pour montrer sa langue tranchée. Un châtiment, sans nul doute, mais qui n'avait cours dans le royaume de France, sauf entre bandes de larrons, s'il s'avérait que l'un d'eux avait trahi ses complices. Le vieux serviteur ne sut quelle attitude adopter et le géant, résigné, avait ramassé son minuscule baluchon, qui contrastait si fort avec sa taille démesurée, et repris son chemin. Il n'avait pas fait vingt pas que le vieux l'avait hélé :

– Qui que tu sois et quoi qu'il t'arrive, je t'offre abri et nourriture en échange de tes services, car en cette seigneurie frappée par grands malheurs, nous manquons de bras et les tiens me semblent de taille à abattre tâches d'importance. Acceptes-tu cette accordance ?

Ainsi avait débuté leur amitié et Maël n'eut jamais à regretter son geste. Aussi fut-ce ce géant débonnaire qu'il manda pour transporter le corps martyrisé de l'homme échoué sur le sol des écuries jusqu'à l'une des chambres de la modeste seigneurie.

Deux jours passèrent. Du fond de son lit, sans omettre nul détail, Côme avait confié ses funestes et rocambolesques aventures au vieil homme qui l'avait recueilli et soigné à l'aide de cataplasmes de simples dont il connaissait les vertus. Son état s'était quelque peu amélioré, mais il pâtissait encore beaucoup et ne pouvait toujours pas à se mettre debout. À la dernière tentative, qui lui arracha grand cri, le vieux l'admonesta :

– Cessez donc de vous agiter comme poulain qui vient de naître, il est bien trop tôt pour cela ! Faudra des jours, des semaines voire pour que vous puissiez retrouver votre allant.

Le visage déformé par la douleur, Côme secoua la tête en signe de dénégation :

– Cela ne se peut, car ma présence en ces lieux vous met en danger et point ne le veux. Dois-je vous rappeler que vous hébergez un criminel recherché par les polices du régent et de l'évêque ?

Pour la première fois depuis leur rencontre, un sourire narquois vint éclairer la face austère du Boiteux.

– Oui-da ! Un homme qui en a achevé un autre par authentique pitié, tandis que nos bons ecclésiastiques, qui prêchent amour et charité l'auraient laissé souffrir pour expier ses fautes jusqu'à la fin. Peste et disette !

Surpris par sa diatribe, Côme ne put s'empêcher d'observer :

– Vous ne semblez guère les porter en votre cœur.

Le visage du vieux se referma comme une huître.

– J'ai mes raisons. En attendant, vous allez demeurer céans pour guérir !

– Je ne suis pas sûr que cela serait du goût de vos maîtres s'ils venaient à l'apprendre.

– Quels maîtres ? Le dernier a passé il y a trois mois de cela et n'avait point d'héritiers. Pour l'heure, je tâche de gérer le domaine de Kerloguen tant bien que mal, sans savoir ce qu'il va advenir de nous tous.

– Quel nom avez-vous dit ? demanda Côme en se redressant.

Surpris par son trouble, Maël répondit :

– Kerloguen. Lancelot de Kerloguen avait succédé au sire Arzhur voilà des années, après un drame qui l'a rendu fou de douleur et sa femme, folle tout court. Pourquoi cette question ?

La gorge sèche, Côme demanda un verre d'eau avant d'expliquer :

– Parce que voici plusieurs mois de cela, j'ai reçu un courrier de feu votre maître Lancelot. Se sachant gravement malade, il m'annonçait avoir pris ses dispositions pour que j'hérite de la seigneurie.

Face à pareille révélation, le vieux se laissa choir sur le siège près du lit.

– *Ma doué*! C'est tellement insensé que l'on pourrait croire à l'un de ses contes pour enfants. Mais pourquoi vous ?

– Parce que sentant sa fin proche et voulant assurer l'avenir de ses gens, il s'était livré à ardentes recherches et avait découvert qu'un lien de parenté nous unissait. Il se trouve que je suis son cousin.

– Son cousin ? Ah ! ça, si je m'attendais ! En ce cas, pourquoi n'avoir point accepté cet héritage et être venu sitôt en prendre possession ?

Côme soupira :

– Je n'ai jamais reçu d'autres nouvelles, lors que maître Falot eût dû m'en envoyer pour m'avertir de sa venue afin que nous ratifiions l'acte. Il est fort possible que son courrier ait été dérobé comme tant d'autres qui m'étaient destinés.

Le Boiteux réfléchissait :

– Mais alors, cela signifie que...

Côme acheva le fil de sa pensée :

– Que je ne puis en aucune façon accepter ce legs. Croyez bien que j'en suis fort marri car j'aurais voulu vous aider, ne serait-ce que pour vous remercier de votre sollicitude.

Un froid de gueux avait pris possession des terres de Bretagne, recouvrant de givre les champs et ruinant l'ultime récolte de pommes à cidre qui pendaient encore aux fruitiers dont les branches avaient gelé. Chaque habitant espérait que sa réserve de bois de chauffe et de fourrage s'avérerait suffisante pour affronter le rigoureux hiver. Tous redoublaient d'ardeur à la messe. Les recteurs de toutes les paroisses encourageaient leurs ouailles à se repentir, à chanter des psaumes et à décupler les offrandes.

Une fois encore, le sommeil fuyait le Boiteux. En plus de ses souffrances par le froid et l'humidité avivées, les pensées se bousculaient dans sa tête et elles étaient aussi sombres que le ciel de cette nuit sans lune. L'ultime héritier des Kerloguen était un homme perdu et traqué qui ne pourrait onc assurer l'avenir de ses gens. La seigneurie serait-elle saisie par la justice du régent ou vendue à l'encan aux propriétaires terriens avoisinants ? Il ruminait ces funestes perspectives lorsque le géant fit irruption dans sa chambre. Ce dernier était en proie à la plus vive agitation et faisait moult gestes pour en exprimer la cause.

S'extirpant péniblement de sa couche, Maël tenta de deviner ce que le muet voulait lui dire.

– Calme-toi et reprends depuis le début.

Le géant soupira, mais obtempéra, mimant aussi bien qu'il put le message qu'il voulait transmettre. Au fur et à mesure, Maël l'interprétait à haute voix :

– Des hommes en armes… Tout autour de la seigneurie… Plus de six… Accompagnés d'un officier… Peste et disette ! Pas un instant à perdre ! Tu vas transporter notre ami jusqu'à la fameuse cache que je t'ai indiquée tandis que je descends à leur rencontre.

À peine avait-il dit que des coups retentirent à la porte.

– Au nom du régent de France, ouvrez immédiatement !

Aussi vite que le lui permettait sa patte folle, il gagna l'entrée sous les coups redoublés.

Enfin parvenu au seuil, il fit tourner la clé et ouvrit la lourde porte. Deux hommes s'engouffrèrent aussitôt, dont un gradé qui l'apostropha d'un ton peu amène.

– Eh bien, êtes-vous sourd ou feignez-vous de l'être ? Cela fait plusieurs minutes que nous tambourinons !

Tentant de gagner du temps, le vieux serviteur répondit benoîtement :

– Ben le pardon m'sieur l'officier, c'est que ma pauvre jambe ne me porte guère et que...

L'interrompant d'un geste, l'officier se retourna et commanda au reste de sa troupe :

– Entrez, vous autres, et fouillez-moi ce castel du cellier jusques au grenier !

Pendant qu'à son grand dam, la soldatesque s'exécutait au pas de charge, Maël fit mine de s'offusquer :

– Ah ! ça, me direz-vous ce que signifie cette brutale intrusion dans une honnête maison au beau milieu de la nuit ?

L'officier le toisa avec froideur :

– Ignorez-vous qu'un dangereux criminel s'est évadé ? Il a été aperçu du côté de Vannes par de braves gens qui l'ont dénoncé. Ordre nous a été donné de fouiller les alentours, car il n'a pas pu aller bien loin. Réveillez votre maître, je dois lui parler à l'instant !

Le vieux serviteur répondit sobrement :

– Il est passé voici trois mois. C'est seulement à moi que vous aurez affaire.

Haussant les épaules, l'officier grimpa quatre à quatre l'escalier principal et interpella ses subalternes d'une voix de stentor :

– Eh bien ?

De tous côtés de la demeure, une même réponse se fit entendre :

– Nenni, mon capitaine, il n'y a personne !

– Cherchez encore, dans le moindre recoin !

Du bas des marches, le vieux domestique ne put s'empêcher d'observer :

– J'vous l'ai déjà dit, c'est une maison honnête et, qui plus est, endeuillée. Point ne trouverez cet homme céans.

L'officier se fit menaçant :

– Et cela vaudrait mieux pour vous ! Tous ceux qui auraient donné aide et asile à ce vil proscrit le regretteront amèrement, parole du régent.

– Pardonnez ma curiosité, mais qui est cet homme et quels forfaits a-t-il commis pour justifier tel déploiement de forces ?

– Un noble qui se fait en outre lâchement passer pour un druide. Il a odieux crimes perpétrés et sera châtié comme il le mérite dès que nous l'aurons arrêté.

– Un noble ? J'croyais que ces gens-là étaient au-dessus des lois. Sauf, bien sûr, s'ils sont la proie du malin, comme l'était le maudit seigneur Gilles de Retz.

– Et tel est peut-être le cas. C'est pourquoi il sera remis entre les mains de l'archevêque qui le soumettra à la question afin d'en décider.

Une heure plus tard, bredouille et marrie, la troupe quittait la seigneurie. C'était un répit, mais Maël n'en était pas soulagé pour autant. Le piège tissé autour de son infortuné protégé se resserrait comme nasse sur un poisson. Il leur fallait redoubler de prudence, car il était fort possible que cet officier si méfiant ait laissé l'un de ses hommes dissimulé au-dehors pour surveiller les allées et venues de tous ceux qui demeuraient ici. Il attendit quelque temps, épiant discrètement à travers les fenêtres, guettant le moindre bruit. Momentanément, rassuré, il se rendit à l'endroit secret qu'il avait indiqué au muet. Il se situait dans la chambre principale où avaient dormi plusieurs générations de Kerloguen, avant que les drames successifs ne la vident de toute vie. À son vif déplaisir, il constata que la zélée soldatesque n'avait point été économe de ses efforts au cours de l'intolérable saccage : coffres et sièges retournés, tentures arrachées, livres répandus… même le lit-clos avait été brisé.

Le vieux serviteur en eut les sangs retournés, mais parvint à contenir son ire, puisque ces brutes n'avaient point débusqué leur gibier. S'approchant du mur ouest de la pièce, il compta très exactement trois épais blocs de pierre à partir du sol pour distinguer celui qui était légèrement descellé. Non sans mal, il le fit pivoter et pénétra dans l'obscurité de la cavité qu'il dissimulait. À voix basse, il interpella :

– N'ayez crainte, c'est moi, Maël. Êtes-vous là ?

Comme nul ne répondait, il répéta sa question, mais elle demeura de nouveau sans écho. Après une interminable angoisse qui étreignit son cœur las, le Boiteux comprit l'enchaînement des évènements. Pendant que les soldats fouillaient la maison de fond en comble et que lui-même occupait l'officier avec moult palabres, son protégé avait risqué le tout pour le tout avec l'aide du géant. Jamais il ne saurait par quelle issue les deux hommes étaient parvenus à s'enfuir, mais qu'importe, si d'aventure ils avaient réussi. Il comprenait fort bien ce coup d'audace désespéré, car il représentait sans doute la seule chance de l'aristocrate désavoué. S'extirpant douloureusement du réduit, Maël gagna la cuisine afin de s'y restaurer. En cette heure ambiguë qui oscillait entre nuit et jour, il ne trouva âme qui vive devant l'âtre et se sentit seul comme jamais. Il se servit un bol de lait et s'affala pesamment sur le banc. Au cours de sa longue existence, tous les gens qu'il avait chéris et servis dans l'abnégation étaient morts ou partis, emportant avec eux sa raison d'être. À quoi servait-il aujourd'hui ? Sur qui veiller ? Ne valait-il pas mieux en finir ? Une phrase, prononcée par sa mère, lui revint en souvenance : « Quand j'ai appris que j'étais grosse des œuvres de ton pendard de père, j'ai tout essayé pour t'faire passer. Mais tu restais accroché comme bernique à son rocher et, en dépit d'mes efforts, t'es quand même venu au monde. Ah, on pourra dire que tu m'as ben gâché l'existence ! Belle fille comme j'étais, j'aurais pu r'faire ma vie au lieu de torcher un rejeton tel que toi, laid comme un pou. À croire que t'étais ben d'lui, mais point de moi. Ah misère de misère ! »

Le Boiteux ruminait ces bien sombres paroles lorsqu'une voix timide l'interpella à l'instant précis où le coq lançait son chant rauque.

– Ben l'bonjour, m'sieur Maël. Pardonnez ma venue si matinale, mais j'parvenais point à trouver le sommeil et suis venue prendre mon office sans m'douter que j'allais vous déranger.

Essuyant discrètement une larme, le vieux salua l'aide de cuisine :

– Salut à toi, Nolwenn. Rassure-toi, tu m'déranges nullement. As-tu déjeuné au moins ?

La jeune fille se troubla :

– Oui... Enfin, non, c'est-à-dire que j'ai pas grand faim en c'moment.

Maël fronça le sourcil :

– À ton âge, il faut manger, surtout avec ce froid de canard ! Mais dis-moi, connaîtrais-tu quelque ennui ?

Comme la petite se troublait davantage, il s'approcha d'elle. C'est alors qu'il vit son œil et sa joue tuméfiés.

– Ah ! ça, mais qu'est-il arrivé ?

Malgré ses efforts, Nolwenn ne put retenir ses pleurs et répondit en hoquetant comme une enfant :

– C'est... C'est mon père... Il m'a battue parce que j'avais cassé une cruche. Faut pas lui en vouloir, c'est qu'j'suis si maladroite...

Le sang du vieux serviteur ne fit qu'un tour. Il connaissait Gildas, un paysan violent doublé d'un ivrogne, toujours mal en groin et à chercher querelle pour un rien.

– Écoute-moi ben, mon p'tit, j'm'en vais aller trouver ton couard de père et lui causer du pays. Si jamais il s'avisait encore de t'frapper, c'est lui qui recevra une fière raclée !

La jeune fille eut l'air terrorisé et leva les mains comme si elle voulait se protéger des représailles à venir.

– De grâce, n'en faites rien ! C'est qu'il a tellement d'soucis avec nous onze à nourrir et moi je...

Ce entendant, Maël réfréna sa colère, car une idée venait de germer en son esprit. Il invita la jeune fille à s'asseoir pour lui en faire part.

– Bon, calme-toi. J'vais lui proposer un marché : lui dire qu'il y a surcroît d'ouvrage et qu'on va augmenter tes gages à condition que tu demeures ici. Eh ben, qu'en dis-tu ?

Encore tremblante, la petite mit du temps à formuler sa réponse :

– J'sais pas trop. Vous croyez qu'il acceptera ?

– J'en suis sûr, à condition que tu m'laisses faire. Eh bien, c'est d'accord ? Tu m'laisseras veiller sur toi ?

Nolwenn baissa la tête en guise d'assentiment.

Cette nuit-là, pour la première fois depuis longtemps, Maël dormit tout son content.

Le froid était plus mordant que jamais. Côme et le géant s'étaient réfugiés dans une grotte dénichée par le plus grand des hasards, sous un entrelacs de lierre et de branches. C'était l'un de ces accidents géologiques qui ajoutait grande part de mystère aux forêts bretonnes, déjà si fécondes en légendes et sortilèges. Comme les deux hommes se retrouvaient à couvert pour la première fois depuis huit jours, le muet se risqua à faire du feu. Il y réussit sans trop de difficultés et Côme salua de nouveau son intelligence pratique et son habileté. C'était lui qui avait trouvé le fameux passage secret par lequel ils s'étaient enfuis. Une dalle au sol que sa force herculéenne avait pu soulever, révélant des marches humides qui menaient à un souterrain, lequel débouchait au-delà des limites de la seigneurie. Parvenus à l'air libre, constatant que le blessé pâtissait beaucoup, le géant n'avait point hésité à le charger sur son large dos afin de lui épargner la souffrance de chaque pas. Ignorant son véritable nom, Côme l'avait baptisé Atlas à la suite de cet exploit. Lorsqu'il le lui avait expliqué, le géant avait indiqué par gestes et mimiques qu'il ignorait tout de ce personnage au nom étrange, mais qu'il acceptait ce sobriquet qui ne semblait pas lui déplaire.

Après quoi, chaque soir, pour tromper la fatigue, le froid et la faim qui les tenaillaient, Côme, le fin lettré, l'érudit en fuite, narrait à son improbable compagnon de route un épisode fameux de la mythologie. Il avait débuté par Atlas, bien sûr, supportant le poids du monde sur ses épaules, puis Hercule, Sisyphe, Narcisse, Actéon et tant d'autres. Captivé, le muet l'écoutait avec l'attention et la ferveur d'un enfant qui découvre un monde enchanté. S'enthousiasmant, frissonnant, souriant même de ces aventures extraordinaires, sans qu'aucun son, jamais, ne sortît de sa bouche martyrisée.

Un de ces soirs, lors qu'il racontait l'histoire de Prométhée, Côme avait interrompu net son récit. Regardant son étrange ami droit dans les yeux, il lui avait demandé pourquoi il l'accompagnait dans sa cavale, se mettant ainsi lui-même en péril. Ce dernier s'était sitôt rembruni, puis avait haussé les épaules et fait éloquent geste de la main, comme si cette question ne le regardait en rien. Atlas s'était alors levé et lui avait fait comprendre qu'il partait piéger quelque gibier afin d'apaiser leurs ventres affamés. Dévoré par la curiosité, Côme n'en avait pas moins respecté le mutisme, cette fois volontaire, de son compagnon et l'avait laissé aller. Ce nonobstant, il aurait donné cher pour connaître l'histoire de cet homme et la raison du châtiment infâme qui lui avait été infligé.

À l'abri de la grotte providentielle, le feu crépitait doucement. Telle une vestale, Côme l'entretenait savamment en attendant le retour d'Atlas, parti en quête de nourriture. C'était un habile chasseur et ce talent leur avait permis de ne point périr de faim. En dépit de sa répugnance, et parce qu'il lui fallait forces reprendre, Côme avait mangé crue la chair de petits rongeurs et d'oiseaux migrateurs.

Au bout d'une heure, large sourire aux lèvres, le géant revint, exhibant comme un trophée un lièvre de belles dimensions. En moins de deux, il le dépeça, fit une broche avec un bout de bois qu'il tailla et le mit à rôtir. L'odeur qui s'en exhalait était si délicieuse que l'eau leur vint immédiatement à la bouche. Ce soir-là, tous deux eurent l'impression de faire un festin de rois, bien que le muet, privé de ses papilles, n'en pût apprécier la saveur.

Un morceau de chair grillée à la main, Côme déclara :

– Grand merci à toi, Atlas. J'eusse aimé t'offrir un bon vin pour accompagner ton succulent repas. Jamais je n'aurai de mots assez justes pour te remercier. Car, sans toi, je serais mort de faim ou d'épuisement.

À son tour, le géant leva la main comme s'il tenait un verre en signe de libation.

À ce geste, aussi incongru que solennel, Côme ne put réfréner un fou rire. Il craignait que son ami n'en conçut quelque ombrage, mais celui-ci fut à son tour gagné par l'hilarité. C'était comme si une rivière trop longtemps endiguée s'échappait enfin de son lit et débordait de toutes parts, emportant peur, fatigue, doutes et souffrances.

Épuisés, mais repus et réchauffés, les deux compères cédèrent au plus profond sommeil.

SUR LE PONT de *La Gueuse*, tout l'équipage était réuni. Le capitaine, qui en avait donné l'ordre, arborait sa mine des très mauvais jours et les hommes craignaient le pire. Comme il adorait faire durer le plaisir, il déambulait à pas lents, s'arrêtant parfois devant un matelot avec un petit sourire narquois qui n'augurait rien de bon, se plaisant à ignorer le suivant, qui n'était point rassuré pour autant, car, à l'instar des tempêtes tropicales, l'orage de son ire pouvait éclater là où on l'attendait le moins.

Soudain, il s'immobilisa, se retourna et tous retinrent leur souffle. Il parlait toujours avec calme et politesse, ce qui rendait son propos plus redoutable encore.

– Messieurs, je sais que l'un d'entre vous m'a trahi. Sensible de nature, j'en suis fort marri, car je répugne à infliger légitime châtiment à celui qui m'a nui. Cependant, vous conviendrez, j'en suis sûr, qu'à mon bord, point ne puis laisser ce renégat en vie, n'est-ce pas ?

Tétanisés, les hommes redoutaient la suite.

– Bien. Comme je sais qui est le coupable, nous n'allons pas perdre plus de temps. Holà, vous trois, emparez-vous de Six Pieds et liez-le bien serré au mât de misaine.

Ignorant ses vives protestations, l'homme désigné fut ligoté des pieds jusqu'au cou. Les matelots chargés de la basse besogne en profitèrent pour le couvrir d'injures et lui cracher à la face :

– C'était donc toi le sale traître ! Pourriture, rat de cale !

Quand ce fut fait, ils laissèrent le capitaine s'approcher, se régalant à l'avance du spectacle auquel ils allaient assister, se demandant quel tourment raffiné aurait aujourd'hui la préférence de leur chef.

De sa botte, celui-ci extirpa son poignard et l'exhiba sous le nez du prisonnier, lequel protesta à nouveau de son innocence :

– C'est point moi qui t'ai trahi ! Sois maudit, car tu vas torturer et occire un innocent !

À la stupeur générale, le capitaine sourit et répondit :

– Mais je sais parfaitement qu'il ne s'agit point de toi ! En revanche, tu n'es pas aussi innocent que tu le prétends, car tu connais le nom du coupable et ne me l'as point révélé. Alors, puisque ta langue ne te sert à rien, je m'en vais te la trancher.

Atlas s'éveilla en nage, le cœur battant. Il avait refait cet affreux cauchemar où il revivait le supplice qui lui avait ôté pour jamais l'usage de la parole, son bien le plus précieux entre tous. Car il était conteur, tout comme son père et le père de son père. Avant que de rejoindre l'équipage de *La Gueuse*, il avait lui aussi arpenté les rudes terres de son pays, s'arrêtant en chaque ferme et masure afin d'y narrer les légendes celtes ancestrales qui ne se transmettaient que par voie orale.

Ah, la lueur que ces récits allumaient dans les yeux de ceux qui l'écoutaient, du plus p'tiot au plus vieux, lequel mettait sa main en cornet pour le mieux ouïr dans un silence quasi religieux. Certains fermaient les yeux pour se représenter le décor et les personnages du Merle au bec d'or, la Noix du korrigan, le Corps sans âme et tant d'autres encore. Alors, si d'aventure, il lui en avait laissé le choix, Six Pieds eût préféré que l'Albinos lui coupât un bras ou lui crevât les yeux.

À l'instar de la plupart des pauvres gueux qui s'étaient retrouvés à bord de ce navire pirate, il avait dû fuir sa terre natale pour échapper au sort qui l'attendait, car il avait commis irréparable forfait.

Un soir, bien après la veillée où il avait conté l'histoire de Gwennolé et son fameux combat contre le diable, il allait s'endormir sur la paille de la grange de ses hôtes, lorsque la femme du fermier était venue le trouver.

Sans un mot, elle avait posé sa lanterne, ôté sa cotte, révélant ample poitrine alourdie par les nombreuses maternités, et s'était assise sur lui pour le chevaucher. Sa bandaison fut immédiate et elle eut tôt fait de libérer son vit afin de le guider en elle et onduler comme une barque prise dans la houle. Le plaisir brut leur arrachait des halètements qu'ils parvenaient difficilement à contenir. Au moment précis où ils allaient jouir, l'époux avait surgi et s'était saisi de la première fourche à portée de main.

– Vil faquin ! Fumellier ! Margoulin ! Ah ! Tu peux m'en croire, je vais t'expédier en enfer !

Joignant le geste à la parole, il s'était rué vers lui, mais le géant ayant fait un bond de côté, c'était dans le ventre de l'infidèle que la fourche s'était enfoncée jusqu'à la garde. La pauvre s'était effondrée sans avoir eu le temps de proférer un cri. Sa rage décuplée, le cornu était revenu à l'assaut, mais sous-estimant la force de son adversaire, ce dernier, d'un formidable coup de poing, avait fait éclater tous les os de son visage. Le fermier s'était à son tour écroulé comme une marionnette dont on aurait coupé les fils.

Horrifié par ce sanglant accident, le géant s'était enfui dans la nuit.

Dans la grotte, le feu s'était éteint et Atlas s'aperçut qu'il frissonnait. Il dirigea son regard vers le lit de feuilles où Côme s'était assoupi la veille, mais constata qu'il était vide. Inquiet, il bondit au-dehors à la recherche de celui qui, en quelques jours seulement, était devenu son ami. Fort heureusement, il n'eut pas loin à aller, car il aperçut ce dernier à quelques toises de leur abri de rocaille.

Bravant la froidure, assis en tailleur devant un grand chêne, il semblait se livrer à un étrange rituel, prononçant inaudibles paroles. Puis il se leva soudain, s'inclina devant l'arbre avant de l'enlacer comme s'il eût voulu étreindre un corps aimé.

Il y avait, dans ce geste curieux, quelque chose d'infiniment charnel, mais aussi de sacré. Le géant l'observa. Dieu, qu'il avait changé depuis leur prime rencontre !

En premier lieu, son apparence physique. Puisque ses délateurs avaient évoqué un fuyard grimé en druide, maigre, barbu et long en cheveux, pour déjouer une reconnaissance si aisée, un beau matin au bord d'une rivière, il avait demandé à Atlas de faire office de barbier, au moyen de la lame effilée du couteau qui ne le quittait jamais. Sur le plan esthétique, le résultat n'avait pas été des plus heureux et quelques cicatrices en témoignaient, mais au moins, l'intéressé ne correspondait plus à ladite description. En outre, il était désormais vêtu comme le plus ordinaire des paysans depuis que le géant avait volé dans une cour de ferme des culottes et des chemises qui séchaient en plein vent.

Se sachant traqué en toutes terres bretonnes, Côme avait renoncé à son initial projet de gagner les rivages de la grande mer d'Iroise et opté pour le sud, en direction de la Vendée et de son principal port, La Rochelle.

Las, à cause de la douleur qui l'affectait encore et parce que les deux hommes devaient redoubler de prudence, ils progressaient lentement, préférant la profondeur des sous-bois aux sentiers exposés à d'éventuelles funestes rencontres, pouvant engendrer nouvelles dénonciations.

Léandre de Mériadec ne décolérait pas. Depuis son empoignade avec le prévôt Jacques Ollieric qui avait si lamentablement laissé échapper son prisonnier, l'évêque n'avait de cesse de retrouver sa proie, le fils unique de l'homme qui avait odieusement trahi son père.

Certains membres de l'épiscopat s'étonnaient de son acharnement, mais, grâce à son entregent et sa faconde, il avait obtenu une audience extraordinaire avec l'archevêque en personne afin de lui exposer le bien-fondé de sa requête.

– Tout d'abord, monseigneur, je vous sais infiniment gré de daigner me recevoir, car l'affaire, à mes yeux, est d'importance capitale.

Le haut dignitaire abaissa sur lui un regard froid et répondit d'un ton qui ne l'était pas moins :

– Il m'appartiendra d'en décider après que vous m'aurez narré de quoi il retourne.

Sentant qu'il avait abordé le délicat sujet avec trop d'impatience, Léandre de Mériadec se mordit les lèvres, puis se reprit aussitôt.

– Certes, monseigneur, et c'est bien la raison pour laquelle je vous ai prié de m'accorder cette audience. Je serai aussi concis que possible, je sais votre temps précieux.

En vérité, ce qu'il savait, et ne désirait à aucun point laisser paraître, était que le prélat ne devait ses hautes fonctions qu'à la grande noblesse de sa naissance, mais nullement à ses talents ou mérites – ce qu'il avait, hélas, prouvé en maintes circonstances.

Telle une araignée tissant habilement sa toile, il tabla sur son manque de discernement pour l'amener là où il le souhaitait.

– Les temps que nous vivons sont fort troublés : dans les villes et les bourgs, le peuple gronde. Au sein des campagnes, les paysans fomentent des jacqueries. Feu le marquis de Pontcallec est devenu un héros et un symbole de résistance face à l'ordre établi. Mais, plus grave encore, notre Sainte Église fait parfois l'objet d'intolérables critiques de la part d'esprits dévoyés qui se disent « éclairés » !

Le prélat leva sa main gantée pour interrompre son ministre :

– Que prétendez-vous m'apprendre que je ne sache déjà ? Depuis que notre sire Louis le Quatorzième a passé, tout va à la traverse dans le royaume de France. Et ce n'est pas ce débauché de Philippe d'Orléans qui restaurera l'autorité. Pardonnez-moi, mais pour l'instant, je ne vois pas le moindre rapport avec votre... votre... Comment s'appelle-t-il déjà ?

– Côme de Plancoët, et j'y viens précisément, monseigneur. Puisqu'il s'agit d'un aristocrate, le ou les crimes dont il s'est rendu coupable ont fait grand bruit, et ce bien au-delà des terres de sa seigneurie. Las, à cause de l'impardonnable laxisme du prévôt, son évasion spectaculaire a alimenté les plus folles rumeurs, évoquant des complicités au plus haut niveau dont l'accusé aurait bénéficié. Alors, si l'Église elle-même parvenait à l'arrêter, elle en tirerait immense bénéfice en terme de justice, lequel serait entièrement porté à votre crédit.

Léandre de Mériadec acheva là son plaidoyer pour laisser à l'archevêque le temps d'organiser sa pensée. Sans répondre, ce dernier agita une petite clochette et un valet sitôt se présenta et s'inclina.

– Monseigneur désire ?

– Colas, apporte-nous un flacon de ce divin muscat que Sa Sainteté m'a fait parvenir il y a deux ans pour célébrer l'obtention de mon pallium. Voyez-vous, mon cher, notre bien-aimé pape Clément XI m'honore fort de son amitié. Ah, voici le vin. Colas, emplis les verres et laisse-nous.

Une fois la porte refermée, le haut dignitaire but une longue gorgée du breuvage doré et ferma les yeux pour la mieux savourer.

Il prenait tout son temps, ce qui agaçait l'évêque au plus haut point. S'efforçant de contenir son impatience, il but le verre tendu qu'il eût été inconvenant de refuser et attendit la suite.

– Quel incomparable nectar ! Sentez-vous la subtilité de ces arômes ? C'est tout le soleil du royaume des Deux-Siciles qui en a gorgé les fruits. Bon, reprenons. Je vous ai bien ouï, mais désirerais savoir ce qu'au juste vous attendez de moi.

Léandre de Mériadec songea qu'il était peut-être sur le point d'atteindre son but, mais calma l'emballement de son cœur avant de répondre d'une voix posée :

– Que, dans le plus grand secret, vous me déchargiez pour un temps de mes fonctions épiscopales afin que je mène moi-même cette délicate enquête. Que je puisse m'adjoindre la compagnie de trois hommes sûrs de votre garde qui m'accompagneront jour et nuit dans ma traque, et enfin…

Levant un sourcil, l'archevêque l'interrompit :

– Votre traque, avez-vous dit ? Je pensais que vous étiez à la recherche d'un proscrit, non point que vous alliez courre le cerf et, l'ayant piégé, procéder à la curée ! Écoutez-moi bien Mériadec. Vous êtes un homme intelligent et je vais vous accorder ce que vous désirez avec tant de fougue ou, devrais-je dire, de haine, car malgré vos louables efforts pour la dissimuler, elle transpire par chacun de vos pores. J'ignore ce que cet homme a pu faire pour la déclencher, mais en tant que fervent catholique, je me dois de vous mettre en garde : en le retrouvant, c'est peut-être vous-même que vous allez perdre.

Le lendemain de cet entretien, dès la pointe de l'aube, Léandre de Mériadec rejoignit les trois gardes désignés par l'archevêque. Le froid était si piquant que leur souffle exhalait de la buée à chaque expiration. Suivant sa consigne, tous étaient vêtus tels de simples marchands se rendant de bourg en village afin de mener à bien leur négoce. Les montures étaient à l'avenant de leur profession supposée, robustes, modestes et flanquées de larges sacoches. Ces dernières contenaient en fait armes, couvertures, linge de rechange et provisions.

Sur un signe de tête de leur nouveau chef, ils se mirent en selle et piquèrent vers l'ouest. En tête de la petite troupe, l'évêque ruminait sa bile. La dernière phrase prononcée par son supérieur le troublait encore. De toute évidence, il avait mésestimé l'entendement, mais peut-être aussi la foi authentique, de ce personnage en apparence si falot.

Un beau soleil d'hiver commençait de répandre sa lumière cristalline. Elle scintillait à travers les branches glacées des arbres et transformait les fougères givrées en dentelle. Au fond, qu'importaient les mots acérés de l'archevêque, puisqu'il avait obtenu ce qu'il voulait.

FIDÈLE À SON HABITUDE, Thérèse se trouvait en sa cuisine, laquelle lui parut plus vide et froide que jamais depuis que le malheur avait frappé. Elle ranima le feu qui s'étiolait dans l'âtre, mais ne se sentit pas le courage d'y faire mijoter la moindre soupe. Depuis la nuit où Philibert était venu solliciter son aide, elle n'avait aucune nouvelle de lui ni, surtout, de son cher maître, et se rongeait les sangs. Les deux hommes étaient-ils parvenus à semer leurs poursuivants ? Avaient-ils pu échapper à la voracité des loups, à l'implacable morsure du froid, à la faim, à la peur ? Las, nul moyen de connaître leur sort et cette impuissance la rendait folle. Pour couronner le tout, la fidèle et courageuse Évangéline était alitée, car sa nouvelle grossesse débutait fort mal et l'on craignait même pour sa vie.

L'on frappa soudain au carreau de la cuisine et son pauvre vieux cœur bondit dans sa poitrine. Quelqu'un aurait-il enfin une information à lui apporter ? Bonne ou funeste, mais au moins de nature à calmer cette insoutenable incertitude. Avec difficulté, tant ses jambes depuis peu la faisaient pâtir, elle se dirigea vers la porte et l'entrouvrit.

– Bonne femme, je vous salue. Le *signor* de Plancoët est-il céans ?

L'homme, de haute taille et belle prestance, s'exprimait avec un fort accent transalpin. Rassemblant ses esprits, elle répondit :

– Non pas. Qui l'demande ?

L'inconnu s'inclina avec déférence.

– Je me nomme Giovanni Visconti et suis un vieil ami du *signor* avec lequel je corresponds depuis des années. Comme j'ai entrepris un long voyage à travers l'Europe, je n'ai pu résister au plaisir de faire halte sur ses terres pour le voir et converser enfin de vive voix avec lui. Quand doit-il rentrer ?

Mal à l'aise, Thérèse resta vague :

– Point ne le sais, il m'en a rien dit. Mais j'crains que vous l'manquiez, messire…

– Quel dommage, je me faisais une telle joie de l'embrasser ! Puis-je toutefois entrer quelques instants pour me réchauffer et me restaurer ?

Par fidélité envers Côme, sachant en quelle haute estime il tenait ses amis épistolaires, la cuisinière ouvrit grande la porte.

– Je vous en prie, messire, entrez et assoyez-vous tandis que je prépare un chaud bouillon de légumes.

Pendant qu'elle s'affairait, le visiteur posa moult questions tout en dégustant le verre de vin blanc servi.

– C'est pitié que je ne puisse voir mon cher ami. Part-il souvent ainsi ? Savez-vous où il s'est rendu ? La suite du voyage me conduira peut-être non loin de sa route.

Servant la soupe fin prête, Thérèse bredouilla une vague réponse :

– Il part souvent à cheval pour de longues équipées, lesquelles peuvent s'prolonger des jours entiers.

Le visiteur eut l'air fort marri.

– Je n'aurais donc pas le plaisir de l'assurer de mon amitié !

Il se leva et salua :

– Je m'en retourne donc et vous remercie pour votre hospitalité. Oh, avant de prendre congé, puis-je vous demander une inestimable faveur ?

La cuisinière haussa le sourcil :

– Point ne le sais encore. Quelle est-elle ?

Les yeux brillants, l'homme joignit les mains.

– Voir sa précieuse bibliothèque dont il est si fier et qu'il m'a tant décrite ! Voudriez-vous m'y conduire ?

Thérèse songea qu'il était difficile de refuser d'accéder à la requête du visiteur et le mena à contrecœur dans l'antre de son maître. Dès qu'elle eut ouvert les deux battants de l'immense porte, celui-ci contempla les hauts rayonnages qui abritaient tant d'ouvrages et s'extasia :

– Par la Madone ! C'est encore plus beau et plus impressionnant que tout ce que j'avais pu imaginer !

Il se mit à déambuler à pas lents entre les hauts lambris de chêne et, lisant la tranche des titres, découvrit qu'ils recélaient de pures merveilles : Homère, Aristote, Thucydide, Sénèque, Platon et tant d'autres.

Bien qu'il n'en laissât rien paraître devant la domestique, son amertume et sa haine s'en trouvèrent attisées, car il ne savait que trop bien comment la majorité de ces livres avait été acquise. C'était le prix de l'odieux chantage exercé pendant des années par le père de Côme sur le sien, transformant ce dernier en voleur en échange du silence sur ses pratiques sodomites. Il n'avait plus rien à faire en ces lieux honnis auxquels il rêvait de mettre le feu. Masquant son trouble sous un sourire de façade, il remercia une fois encore la vieille cuisinière pour son obligeance et s'en fut.

Peu après son départ, Thérèse décida de rendre visite à l'infortunée Évangéline pour lui apporter tout le reste du bouillon de légumes.

Elle s'apprêtait à quitter la seigneurie lorsque Herlé fit irruption en sa cuisine. Contrairement à son habitude, il n'apportait aucun poisson ni crustacé et affichait une mine tourmentée. Reposant son panier sur la table, elle questionna son vieil ami :

– Eh ben, qu'as-tu ? Un nouveau malheur s'rait-il survenu ?

Le pêcheur réclama du vin qu'elle lui servit aussitôt. L'avalant d'un trait, il demanda d'un ton soupçonneux :

– Qui c'est c't homme que j'viens d'apercevoir sortant d'ici, l'connais-tu ?

Un peu étonnée, elle répondit :

– Un ami italien du sire de Plancoët. Il ignorait tout de nos malheurs et le voulait rencontrer car...

Reposant brusquement sa timbale, Herlé l'interrompit :

– Et comment qu'tu sais qu'il est italien ?

– Parce qu'il me l'a dit et qu'il avait fort accent causant dans notre langue. Pourquoi c'te question ?

– Eh ben c'gaillard-là t'a menti ! Il est pas plus italien que moi j'suis ottoman et tout ça m'dit rien de bon !

Surprise autant qu'inquiète, la cuisinière s'assit en face de lui :

– Comment diantre le sais-tu ?

– Parce qu'après avoir quitté ta cuisine, j'l'ai vu subitement s'retourner et brandir le poing en direction de la seigneurie, comme s'il proférait une imprécation, voire une malédiction ! Son geste m'a ébranlé, alors j'lui ai emboîté le pas, histoire de voir où qu'y s'rendait et j'ai pas eu ben loin à aller. Tout près d'la rivière qui borde le parc, trois hommes l'attendaient avec des chevaux.

Le sang de Thérèse se figea.

– Et après, que s'est-il passé ? Qu'as-tu donc vu ou entendu ?

– Il leur a dit n'avoir pas appris grand-chose, mais qu'ils allaient ardemment poursuivre leurs recherches, car leur proie ne pourrait pas continuer à leur échapper bien longtemps. Et tu peux m'en croire, le bougre n'avait pas le moindre accent !

Minée par la plus vive inquiétude, la cuisinière se tordait les doigts. Elle se flagellait de sa bêtise qui avait ouvert toute grande la maison de son protégé à ses bourreaux.

– *Ma doué benniget* ! Sont-ce les gens d'armes du prévôt ?

Herlé fit claquer sa langue :

– Point ne le pense. Ils auraient été en uniforme tandis qu'ceux-ci sont vêtus comme de simples marchands.

Thérèse réfléchissait :

– Justement, c'est peut-être une ruse.

– Possible, ce s'rait ben dans leurs sournoises manières de se grimer ainsi pour avancer masqués.

Thérèse avait du mal à respirer. Il aurait absolument fallu prévenir Côme de cet implacable danger, mais c'était, hélas, impossible.

Soudain, elle se frappa le front car une idée venait de germer en son esprit. Il y avait fort peu de chance pour que celle-ci réussisse, mais au point où en étaient les choses, cela valait la peine d'essayer.

– Écoute-moi bien, mon brave Herlé. Il y a p'têt' moyen d'alerter notre seigneur, mais cela ne pourra point s'faire sans ton aide.

Sans hésiter, il répliqua :

– Dis-moi c'qui faut que j'fasse ?

DÈS L'AUBE DU LENDEMAIN, le pêcheur menait sa vieille carriole sur des sentiers qu'il n'avait jamais empruntés et le voyage lui prit un peu plus de temps que prévu. Enfin, il parvint devant les grilles d'un imposant domaine. Comme celles-ci étaient ouvertes et que nul garde n'en interdisait l'entrée, il remit au pas sa vieille mule et les franchit jusques aux dépendances du château.

Deux lingères marchaient d'un pas vif en direction d'un vaste lavoir, portant grands paniers de linge. Levant son bonnet, il les salua avec bonne humeur :

– Ben l'bonjour jeunes filles, j'ai là une livraison de poisson frais et d'huîtres pour mademoiselle du Plessis.

Pressées par leur tâche, les servantes se retournèrent à peine.

– Allez donc aux cuisines et adressez-vous à la Marthe, c'est elle qui régente tout ici.

Herlé mit pied à terre, ne sachant vers où se diriger. Humant l'air, il sentit une délicieuse odeur de beurre fondu mêlé d'échalotes et n'eut qu'à la suivre pour trouver la cuisine. C'était une pièce immense aux murs garnis de casseroles en cuivre rutilant.

Pas moins de trois servantes s'y démenaient sous les ordres d'une femme sèche qui lançait ses ordres.

Lorsque celle-ci aperçut l'intrus, elle lui demanda d'un ton rogue :

– Qui êtes-vous ? Que faites-vous ici ?

Herlé eut une furtive pensée pour sa tendre et débonnaire Thérèse. Prenant son air le plus avenant, il ôta son bonnet et salua avec déférence.

– Je suis venu livrer le produit de ma pêche à mademoiselle du Plessis. Un bar de près de huit livres, un saint-pierre, une lotte, des huîtres et…

La matrone l'interrompit, courroucée :

– Qu'est-ce c'est que cette mauvaise fable ? La maîtresse ne commande jamais rien, c'est moi qui suis en charge de l'intendance !

– Ben j'le sais, dame, car il s'agit d'une surprise que désirait lui faire une vieille amie de la famille.

D'abord interloquée, elle finit par grommeler :

– Bon, bon, v'nez poser vos nasses pour les vider, puis vous pourrez r'partir.

Herlé afficha une mine contrite.

– Oui-da… Enfin, avant, je dois transmettre à la demoiselle le bon souvenir de son amie.

La matrone tenta de masquer son exaspération :

– Mais enfin, on ne dérange pas mademoiselle du Plesssis comme cela ! Rassurez-vous, bon homme, je lui passerai moi-même le message.

Au moment où le pêcheur commençait à désespérer, une fort jolie jeune femme entra dans la cuisine et haussa délicatement le sourcil.

– Et pourquoi ne peut-on me déranger? De quel message s'agit-il?

Herlé la salua et narra le pourquoi de sa visite. L'intéressée eut d'abord l'air surpris, puis une lueur traversa son regard clair et elle s'exclama:

– Thérèse, mais bien sûr! Comme c'est aimable de sa part. Montrez-moi donc les beaux poissons que vous m'apportez, où sont-ils?

Avant même que l'austère gouvernante ne se récriât, Anne avait suivi le pêcheur au-dehors et s'extasiait:

– Tout ce que j'aime! Mon père sera ravi car il raffole de la lotte, quoique cela ne l'empêche pas de posséder un bassin où il élève d'horribles carpes. Désirez-vous les voir? Il prétend que certaines sont centenaires, mais j'ai du mal à l'accroire.

Parvenus à l'endroit désigné et s'étant assurée que personne ne les écoutait, elle agrippa son bras:

– Ah ça, me direz-vous? Et pour commencer, qui êtes-vous?

Herlé se présenta et fit un fidèle résumé de la situation. La jeune femme sembla atterrée.

– Ah mon Dieu, ce prétendu correspondant étranger ne peut être que cet homme maudit!

– Qui donc? Quel homme?

Elle le regarda comme s'il ne comprenait rien à rien:

– Mais l'évêque! Après l'évasion de Côme, il est venu en personne admonester le prévôt pour sa négligence et a précisé qu'il prendrait lui-même des mesures drastiques. Mais pourquoi êtes-vous venu me voir ?

– Pour qu'vous l'préveniez du danger, si d'aventure l'sieur de Plancoët s'était secrètement réfugié chez vous.

Anne eut un rire amer.

– Cela m'étonnerait fort, car notre dernière entrevue ne laissait guère augurer qu'il souhaitât me revoir.

Elle avait prononcé cette phrase comme pour elle-même et regretta sitôt son impudeur face à un parfait inconnu. Cependant, elle sentait chez cet homme une grande bienveillance. Le pêcheur, quant à lui, se sentait aussi gêné qu'impuissant.

– Bon ben, j'm'en vais rebrousser chemin. *Kenavo*, mademoiselle.

– Adieu, et grand merci à vous et à Thérèse pour votre prévenance, mais je suis, hélas, impuissante. Attendez, je vais vous dédommager pour votre pêche et votre peine.

– Nenni, mademoiselle, ce s'rait m'faire offense.

Le cœur serré, elle le regarda s'éloigner.

COMME CHAQUE SOIR, Anne soupait seule face à son père. Après les huîtres, ils avaient dégusté la lotte piquée à l'ail avant que d'être rôtie. Mais la jeune femme avait à peine touché à son assiette et le comte s'en émut :

– Eh bien, ma fille, ce poisson succulent n'est-il pas à votre goût ?

– Si fait, père, mais je ne suis guère en appétit.

– Vous n'êtes pas souffrante, au moins ? Sinon, je pourrais vous faire préparer une décoction au thym agrémentée de miel et…

La jeune femme esquissa un pâle sourire.

– Non point, je me sens seulement fort lasse et, avec votre permission, désirerais me retirer.

Le vieil homme se leva.

– Je vous en prie ma chère enfant, je vous souhaite de bien reposer.

Au moment où elle allait quitter la salle à manger, il dit simplement :

– Si vous connaissiez quelque tourment, vous m'en feriez part, n'est-ce pas ?

C'était la première fois qu'il lui posait une question aussi intime et elle en fut si troublée qu'elle ne put que répondre :

– Bien sûr, père.

Ayant recouvré le silence de sa chambre, Anne fit ses ablutions du soir et se mit au lit. Elle ouvrit un recueil de fables de Jean de La Fontaine dans l'espoir de se changer les idées, mais ne parvint à fixer son attention sur le moindre vers.

Exaspérée, elle reposa l'ouvrage sur sa table de chevet, souffla sa bougie et tenta de s'endormir. Mais le sommeil se dérobait, car toujours, l'incessante danse de ses pensées la ramenait à Côme. Elle l'imaginait affamé, amaigri, malade voire. Se le représentait tel un cerf traqué par une meute de chiens enragés, et la métaphore ne manquait pas de justesse en vertu de ce qu'elle venait d'apprendre de la bouche du pêcheur. La fatigue finit par avoir raison de son inquiétude et elle sombra.

Ce fut une longue plainte qui l'arracha, en sursaut, à la profondeur de son sommeil sans rêves. Dressée sur son lit, l'oreille à l'affût, la jeune femme guetta chaque bruit, mais n'ouït rien d'autre que le hululement des oiseaux de nuit. Quand la plainte déchira de nouveau la nuit, elle reconnut le cri de Sorbonne. Revêtant en grande hâte sa chaude pelisse, Anne dévala les escaliers et sortit pour retrouver son chien.

Elle le découvrit au pied des grilles du parc, lesquelles, sur l'ordre de son père, n'étaient fermées que la nuit. La malheureuse bête avait les ongulés en sang, tant elle avait gratté le sol pour trouver une issue. Lorsqu'il aperçut sa maîtresse, Sorbonne se coucha à ses pieds et gémit à fendre l'âme. Anne eut beau le caresser, lui prodiguer réconfortantes paroles, il semblait inconsolable. Jamais jusqu'à ce jour, il ne s'était comporté de la sorte. Que lui arrivait-il donc ? Voulait-il la prévenir d'un danger imminent ? Soudain, elle eut une intuition. Et si Sorbonne avait senti la détresse de Côme et voulait lui porter secours ? Non, cela semblait impossible. Et pourtant, elle savait que l'instinct et le flair de certains chiens étaient si puissants qu'ils pouvaient parcourir des lieues et des lieues pour retrouver leur maître ou une personne disparue. Anne prit une décision insensée : partir avec sa jument et son chien sur les traces de son bien-aimé.

Organiser son extravagante équipée lui prit plus de temps qu'elle ne l'avait escompté. Pendant qu'aux écuries, on scellait sa jument, elle s'était rendue aux cuisines afin qu'on préparât provisions de bouche pour au moins quatre jours.

Par chance, Marthe, la redoutable gouvernante dont elle s'était toujours défiée, n'était point céans et les filles de cuisine s'exécutèrent sans mot dire. Une seule hésitation la taraudait, laquelle concernait son père. Si elle lui avouait la folie de son projet, le pauvre homme en aurait les sangs retournés et ferait tout, à juste titre, pour la dissuader. Mais si elle partait sans le prévenir et qu'il découvrît subitement son absence, ce serait pis encore. Alors elle finit par se résoudre à lui écrire une lettre, qu'elle déposa dans sa chambre.

Après avoir commencé par purifier son enveloppe charnelle sous l'onde d'une source vive, Cathbad s'apprêtait à tracer sur le sol les cercles magiques au moyen d'une branche de gui. L'air était glacial, mais il n'en ressentait nullement la morsure tant son esprit était concentré sur sa tâche. Il s'agissait de sacraliser le lieu choisi afin de revivifier et de ranimer les mémoires encloses. Une fois le dessin parfaitement défini, il fallait, en pleine conscience, pénétrer à l'intérieur afin d'être traversé par ses vibrations sacrées et recevoir ainsi les énergies divines. L'initié devenait ainsi Enfant et Serviteur de la Roue, lui permettant de participer à la véritable harmonie du monde.

L'origine de ce rite druidique remontait à la nuit des temps, et devait être accompli exactement huit fois par cycle annuel. Il n'était point tenu secret pour le profane, mais restait hermétique à celui qui n'en comprenait ni l'importance ni la symbolique. Pythagore en avait plusieurs fois fait mention dans ses œuvres et, après lui, plus curieusement, le grand Cicéron en parlait dans *Le Songe de Scipion* après qu'il avait rencontré à

Rome le druide Eduen. « Ce qui se meut toujours est éternel. Mais ce qui ne communique le mouvement qu'après l'avoir reçu doit infailliblement cesser de vivre dès qu'il cesse de se mouvoir. »

Tout cela, et tant d'autres choses encore, Cathbad l'avait appris au cours de ses vingt longues années d'initiation. Aujourd'hui, il se sentait parfaitement en accord avec la chorégraphie de l'univers.

JUCHÉE SUR SA JUMENT flanquée de sacoches garnies de victuailles, de vin et d'un poignard, Anne était fin prête. Elle était pleinement consciente des dangers à la rencontre desquels elle allait, mais se sentait incapable d'y surseoir.

Avant d'ouvrir la grille du parc, la jeune femme avait fait sentir à Sorbonne le lambeau de chemise de Côme qu'elle avait pieusement conservé. Dès qu'il l'eut reniflée, le chien se mit à bondir en tous sens, prêt à suivre la piste que lui indiquait son flair. Alors, il lança à sa maîtresse un long regard comme s'il avait compris la confiance qu'elle lui accordait, et s'élança à fond de train en direction du sud.

LES DEUX HOMMES EN FUITE connaissaient des tourments imprévus. À peine Côme s'était-il presque entièrement rétabli de sa chute qu'Atlas fut victime d'un accident. Il avait malencontreusement marché sur le piège d'un braconnier et la mâchoire de fer s'était refermée sur sa cheville, déchirant chair et ligaments jusqu'à l'os. Puisqu'il n'avait pu émettre le moindre cri, Côme ne fut pas tout de suite alerté du drame qui venait de se jouer. Quand il se rendit compte qu'il cheminait seul, il revint sur ses pas et trouva le géant gisant sur un lit de fougères, le visage déformé par la douleur. Il s'agenouilla devant lui.

– Qu'as-tu ? Que s'est-il passé ?

Le géant désigna son pied ensanglanté, toujours prisonnier. Ce voyant, Côme ne put retenir un cri, car la blessure présentait fort vilaine allure.

– Ah mon Dieu ! Ne bouge surtout pas, je vais commencer par essayer de te délivrer de cet objet diabolique.

Mais la tâche s'avéra bien plus ardue et délicate qu'il ne l'avait imaginée. Dès qu'il tentait d'écarter les deux arceaux de métal rouillé, les pointes acérées déchiraient davantage la chair de son infortuné compagnon. D'un geste brusque, ce dernier lui fit signe d'arrêter. Il soufflait comme un bœuf et semblait grandement pâtir.

Côme se sentait aussi mortifié qu'impuissant tant sa maladresse n'avait fait qu'empirer les choses. Regardant autour de lui, il aperçut une petite mare dont l'onde avait gelé. Il en brisa la surface et recueillit les fragments de glace entre les pans de sa vêture.

– Cela va te sembler bien dérisoire, mais le froid va quelque peu calmer ta douleur.

Et de fait, au bout de quelques minutes, Côme constata un léger soulagement sur les traits d'Atlas. Alors, il alla quérir davantage de cristaux de glace.

Quand il revint auprès de son ami, celui-ci gisait inerte et, l'espace d'un instant, il redouta qu'il ne fût mort. Voyant son pied sanglant enfin libre du redoutable piège qui l'entravait, il devina sans peine ce qui s'était passé. Dans un fol élan de courage, et grâce à sa poigne de fer, le géant avait lui-même écarté et brisé en deux le redoutable carcan. Au cours de l'opération, la douleur avait dû être telle que le malheureux s'était pâmé.

Côme en profita pour ôter tout le sang qui commençait de se figer et nettoyer les nombreuses plaies du mieux qu'il put. Il procéda alors à un minutieux examen de la blessure. Elle était plus grave encore qu'escompté : fragments d'os brisés, ligaments arrachés, chair déchirée. Il eût fallu la montrer d'urgence à un chirurgien, mais c'était, hélas, chose impossible. Tout comme l'application d'un cataplasme de simples, car les plantes requises pour ce faire ne poussaient point en cette maudite et glaciale saison. Soudain, il se souvint avoir lu dans un traité de médecine que l'urine possédait purificatrices et cicatrisantes vertus. Alors, à ce point rendu, il n'hésita pas et vida consciencieusement le contenu de sa vessie sur la cheville d'Atlas. Quand ce dernier revint enfin à lui, son pied était enveloppé d'un morceau de toile point trop serré. Il eut un pâle sourire que Côme lui rendit :

– Il semble, mon cher ami, que nous dussions interrompre notre marche pour un temps. Je vais m'efforcer de nous construire un abri de fortune, mais je n'ai pas tes compétences. Quant à nous sustenter, je ferai de mon mieux, mais ne te promets rien de très glorieux.

Le géant leva le bras pour réclamer la parole dont il était privé. Avec des gestes précis, il expliqua la gravité et les conséquences funestes de son accident. Puis, joignant les mains en forme de supplique, il fit comprendre à Côme qu'il n'avait d'autre choix que de le laisser là et de poursuivre seul la route et le but que tous deux s'étaient assignés. Côme le regarda droit dans les yeux.

– Jamais, tu m'entends, jamais je ne t'abandonnerai, dussé-je y perdre la liberté. Ou la vie. Après tout ce que tu as fait pour moi, c'est à mon tour de veiller sur toi, et ce, quoi qu'il advienne !

Atlas secoua la tête en signe de dénégation, comme s'il avait affaire à un enfant attardé. Mais au fond de son cœur, il savait que son compagnon tiendrait promesse, à l'instar des anciens héros de contes dont il avait naguère narré les aventures.

CELA FAISAIT UNE JOURNÉE entière qu'Anne chevauchait sans relâche, suivant son chien dans sa course effrénée. Épuisée, elle décida de s'arrêter avant la tombée de la nuit afin de se restaurer et de prendre enfin repos bien mérité. Les flancs de sa jument fumaient, trempés de sueur après les longues heures de galop. Constatant que sa maîtresse n'était plus derrière lui, le dogue revint sur ses traces pour l'inviter à poursuivre la route. Anne s'agaça :

– Non, Sorbonne, non, il nous faire halte pour forces reprendre !

Comme elle allait à mettre pied à terre, il se mit à aboyer d'importance. Mon Dieu, se pouvait-il qu'il eût trouvé Côme ? Blessé, mourant peut-être ? Alors, faisant fi de sa fatigue et du froid qui commençait de la gagner, elle éperonna sa jument et repartit de plus belle à travers bois. Parvenu devant un bosquet fort touffu, Sorbonne marqua soudain le pas et se remit à donner de la voix.

Anne descendit de sa monture et le suivit à travers un entrelacs végétal jusqu'à l'entrée d'une étrange cavité. Comme elle n'y voyait guère, elle battit le briquet qu'elle avait pris soin d'emporter et alluma une bougie.

Il s'agissait d'une grotte étroite qui constituerait un parfait abri pour la nuit. L'endroit était vide, mais Anne distingua les cendres encore tièdes d'un feu, ainsi que les ossements d'un rongeur. Quelqu'un avait récemment séjourné ici et son cœur se mit à battre la chamade, car il ne pouvait s'agir que de Côme. Sorbonne poussa joyeux jappements comme pour confirmer son hypothèse. Les larmes aux yeux, elle le flatta, l'embrassa et le laissa manger les os pendant qu'elle s'occupait de sa jument.

Un peu plus tard, devant le feu qu'elle avait allumé, son chien repu étendu contre elle, la jeune femme dévora la moitié d'un pâté en croûte agrémenté d'une fière timbale de vin. Dès le lendemain, elle reprendrait la route, s'en remettant aveuglément à l'instinct infaillible de son fidèle Sorbonne.

Ce furent ses grognements qui l'éveillèrent avant l'aube. Les babines retroussées, il semblait avoir senti quelque danger. Anne craignit que des loups ne se fussent attaqués à sa jument et se rua hors de son abri de pierre. Elle ne put retenir une exclamation de surprise, car la nature environnante s'était nappée de blanc, recouverte d'un inhabituel manteau de neige. En Bretagne, ce phénomène était si rare qu'elle n'y avait assisté qu'une seule fois, lorsqu'elle était enfant. Sorbonne, lui aussi, paraissait décontenancé et tournait en rond, comme s'il avait perdu son flair légendaire.

Fort heureusement, sa jument était saine et sauve et nullement affectée par cet aléa climatique, fouillant paisiblement la neige à la recherche d'herbes et de broussailles. Rassurée, Anne flatta son encolure et s'en revint en frissonnant dans la grotte afin de rassembler ses affaires et se vêtir en conséquence. Le pâle soleil d'hiver eut vite raison de la fine couche immaculée qui, en fondant, avait laissé place à un sol fangeux dont il faudrait se méfier. Ayant de nouveau fait sentir à son chien le bout de chemise de son bien-aimé, Sorbonne reprit sans hésiter la direction du sud, Anne à sa suite.

EN DÉPIT DE L'ABRI de fortune bâti à la hâte par son compagnon au moyen de branchages sommairement recouverts de fougères roussies, Atlas grelottait autant de fièvre que de froid. Sa rude constitution était fortement éprouvée par sa terrible blessure et Côme se désespérait de ne la pouvoir soigner. Dieu merci, les basses températures empêchaient la gangrène de prendre ses quartiers délétères, mais le géant pouvait succomber d'un moment à l'autre en raison de cette fièvre qui ne cédait point. Une fois encore, il avait enjoint Côme de partir seul, une fois encore celui-ci avait farouchement refusé. Mais tous deux savaient qu'ils se trouvaient dans un piège tout aussi redoutable que celui qui avait broyé la cheville du géant, car, de surcroît, la faim les tenaillait au ventre, l'aristocrate déchu n'ayant aucun talent pour la chasse.

Au comble de l'impuissance, Côme songea qu'Atlas avait bien malgré lui embrassé la destinée d'Achille, mais il se garda bien de lui narrer cet épisode de l'*Iliade* et sa funeste fin. Quelles qu'en fussent les conséquences, il était résolu à demeurer auprès de son ami, peut-être le seul véritable qu'il eût jamais eu.

Avec lui, nul échange érudit sur quelqu'épineux point de théologie ou de philosophie, nulle dissertation sur le sens caché de la vie et de la mort. Mais une fuite éperdue lors de laquelle ils avaient partagé plus de choses que bien des hommes au cours de leur existence : peur, fatigue, froid, faim, doutes, souffrances et, par-dessus tout, courage, solidarité, et une complicité sans faille née de tant d'épreuves traversées. Et malgré ces épreuves, ils avaient ri ensemble, de ce rire précieux à Aristote, et cependant banni par certains textes sacrés qui semblaient condamner ce qui réunissait si bellement les hommes.

Pour tenter de réchauffer Atlas, Côme s'étendit de tout son long à ses côtés et le serra dans ses bras. Des aboiements lointains le tirèrent de la somnolence qui avait fini par le gagner. Le cœur tambourinant, il se dressa d'un bond et comprit que les gens d'armes du prévôt avaient retrouvé sa trace.

Que faire pour échapper à l'infamie du sort qui l'attendait ? Comment protéger son ami qui serait fatalement accusé de complicité ? Il était au comble du désarroi, lorsqu'il entendit cette voix claire qu'il reconnut aussitôt :

– Côme, c'est moi, Anne ! Êtes-vous là ? De grâce, si c'est vous, dites-le moi !

Avant même qu'il ne répondît, le dogue s'était précipité sur lui, le faisant chuter dans la fougue de son élan. Il lui prodigua mille tendresses assorties de jappements joyeux avant de se tourner vers sa maîtresse en remuant la queue.

Lorsque Anne vit enfin l'homme qu'elle aimait, elle ne put retenir un cri d'effroi, tant il était hâve, couvert de cicatrices et décharné.

– Mon Dieu, en quel état vous voilà ! Êtes-vous blessé ?

Se relevant, il s'avança vers la jeune femme et lui fit pâle sourire.

– Non point, seulement affamé et épuisé. Mais au nom du ciel, que faites-vous céans ?

Elle descendit de sa jument et il la recueillit dans ses bras. À ce seul contact, elle frissonna.

– Vous sauver la vie je l'espère. Rendons grâce à votre dévouée Thérèse. Mais c'est une longue histoire. Aidez-moi à vider mes sacoches, car j'ai apporté bonnes et solides nourritures auxquelles j'ai à peine touché.

Côme songea sitôt à Atlas.

– Suivez-moi, car je ne suis pas seul et mon compagnon d'infortune souffre d'une terrible blessure.

Penché au-dessus du corps inerte de son ami, il constata en prenant son pouls qu'il battait plus faiblement encore.

– Avez-vous du miel avec vous ?

Anne répondit, navrée, n'y avoir point pensé, mais s'était en revanche munie d'un cruchon d'eau-de-vie de poire.

Le visage de Côme s'éclaira.

– Fort bien. Je vais en verser sur sa blessure pour la purifier et me servir du restant pour frotter vigoureusement son corps afin de faire circuler le sang pour le réchauffer.

Au cours de l'opération, le géant n'était pas sorti de son inquiétante léthargie, mais son souffle et son pouls, bien que faibles, présentaient battements plus réguliers. Anne offrit d'ôter le tapis de selle en peau de mouton de sa jument afin d'en recouvrir le malheureux, ne pouvant rien faire de plus pour lui.

– Anne, qu'aviez-vous donc à me dire qui pût justifier votre folle entreprise ? Avez-vous seulement pensé aux mille périls que vous avez encourus en me venant retrouver ?

De toute son âme, la jeune femme s'était naïvement attendue à ce qu'il la prît dans ses bras. Masquant sa cruelle déception, elle lui conta par le menu la visite d'Herlé, celle du prétendu correspondant italien en sa seigneurie, qui n'était autre que son ennemi, l'évêque Léandre de Mériadec, lancé à ses trousses. Ce apprenant, Côme prononça ces simples mots, d'un ton détaché :

– Léandre de Mériadec. Un homme que je ne connais que de nom, mais qui me poursuit sans relâche sans que je n'en puisse savoir la raison. Si, à tout le moins, je parvenais à comprendre…

Anne s'émut de son indifférence, comme s'il avait renoncé à lutter contre un destin qu'il devinait inéluctable.

– Mais au nom du Christ, ce qui importe ici et maintenant est d'échapper coûte que coûte à ce fanatique qui a juré votre perte !

Côme prit sa main entre les siennes avec une infinie délicatesse.

– Anne, ma chère Anne, je vous suis tellement reconnaissant de tous les risques que vous avez pris, mais tout est perdu, ne le voyez-vous pas ? Une nouvelle fois, je vous enjoins de repartir et de retrouver votre existence.

La jeune femme retira promptement sa main et son visage se figea.

– Mon existence ? N'avez-vous point compris qu'elle ne signifiait rien sans vous ? Que je préfère périr à vos côtés plutôt que la vivre dénuée du sens que vous pourriez lui donner ?

Côme soupira.

– Anne, il y a quelques mois, vous vous êtes éprise d'un homme libre qui s'efforçait de vivre selon ses principes et son bon plaisir. Un doux rêveur qui préférait la compagnie des chevaux et des livres à celle des êtres humains, quels qu'ils fussent. Un égoïste qui se claquemurait dans un monde imaginaire dont il ne détenait pas même les clés. Aujourd'hui, cet homme n'est plus, car la réalité l'a rattrapé et fait voler en éclats la vanité et les privilèges dus à sa seule naissance. Mais mon véritable crime, si j'en ai commis un, est d'avoir compris tout cela trop tard et de n'avoir point eu le courage de vous aimer et de vous l'avouer pendant qu'il était encore temps. Je vous ai de moi détournée dans l'unique but de vous épargner. Apparemment, j'ai échoué.

Le visage ruisselant des larmes qu'elle n'avait réussi à contenir, la jeune femme reprit la main de Côme qu'elle serra de toutes ses forces.

– Mais il n'est point trop tard, puisque je vous ai retrouvé et qu'enfin, vous me déclarez l'amour que vous me portez !

Une voix persiflante les interrompit :

– Je crains, hélas, que le bonheur de votre hymen n'ait jamais lieu, car je me dois d'arrêter sur-le-champ ce vil assassin doublé d'un fuyard.

Un homme de haute taille surgit devant eux, faisant montre d'un visage austère dont le fin sourire ne parvenait à éclairer les traits. Glacée par cette apparition, Anne, dans un élan de protection, héla son chien.

L'homme eut un rire sans joie.

– J'ai bien peur que vous ne vous époumoniez pour rien. L'un de mes hommes a trouvé plus prudent de neutraliser votre dogue.

À ces mots, Anne se mit à hurler :

– Vous êtes un monstre, soyez mille fois maudit !

– Soit ! Mais cela ne m'empêchera pas d'arrêter le sire de Plancoët, puisque c'est de lui dont il s'agit ici.

Côme s'était levé et approché de l'évêque à le toucher. Dans le ton qu'il employa, il n'y avait nulle colère, mais une sorte de fascination mêlée d'incrédulité.

– Enfin je puis contempler le visage du fameux Léandre de Mériadec, l'homme d'Église qui me voue une haine implacable sans que j'en sache le pourquoi. À présent que votre acharnement a payé, allez-vous satisfaire ma légitime curiosité ?

Dardant sur lui regard aiguisé comme lame, l'intéressé répondit :

– Rassurez-vous, nous aurons amplement le temps d'en causer lorsque les tourmenteurs vous auront fait avouer vos meurtres. Messieurs, veuillez-vous emparer du prisonnier et me l'attacher bien serré.

Trois hommes vêtus tels d'ordinaires marchands sortirent des bois, cordes à la main et mousquets au bras.

Au même instant, la forêt tout entière se fit l'écho d'un pesant galop, comme si un groupe de cavaliers était en train de courre le cerf. Tous se retournèrent et virent avec effroi une meute de sangliers foncer sur eux. Les gens d'armes n'eurent point le temps de mettre en joue, car déjà les bêtes étaient sur eux. Contre toute attente, ils ne les réduisirent point en pièces de leurs défenses acérées, se contentant de les maintenir impuissants à terre, tels des garde-chiourmes à l'affût d'un ordre.

Alors, un homme sans âge à demi nu sortit des profondeurs de la forêt et s'avança à pas lents vers le prélat qui semblait statufié par ce qui venait de se produire.

Il planta un regard de feu dans ses yeux comme s'il lisait les tréfonds de son âme.

– Ainsi, voici celui qui n'est que colère et vengeance ! Or tu te trompes de cible, car l'objet de ta haine ne devrait point être cet homme au nom honni, mais celui qui se trouve céans devant toi.

Ce entendant, l'orgueil de l'évêque fut piqué au vif. Son visage vira à l'incarnat et sa voix siffla :

– Comment osez-vous tutoyer un haut dignitaire de l'Église ? De quelle sorcellerie usez-vous pour mettre ces bêtes immondes à votre solde ?

– Je gage fort qu'il ne va point t'être agréable de l'apprendre. Mais je vais satisfaire ta curiosité. Il y a des années de cela, je me nommais Gervais et étais un jeune homme plein de fougue qui cherchait sa voie. Au cours d'une nuit de la Saint-Jean, j'ai connu l'amour dans les bras d'un garçon de mon âge. Une passion naquit et nous avions pris coutume de secrètes retrouvailles au cœur de la forêt pour nous y livrer. Mais un jour, nos ébats furent surpris par l'ami d'enfance de mon amant. Pour prix de son silence, il lui imposa odieux chantage auquel mon bien-aimé ne put que céder. Pour satisfaire l'appétit croissant d'argent de celui qui l'avait trahi, il dut recourir au vol en dérobant des bijoux appartenant à sa mère. Quand cette dernière le découvrit, pour éviter retentissant scandale, elle fit accuser sa femme de chambre qui mourut sous les tourments. Son fils unique, miné par le remords et la honte, épousa, comme convenu, sa cousine, et jamais nous ne nous revîmes, car je m'enfuis.

Côme hasarda l'hypothèse qui lui brûlait les lèvres :

– Cathbad, je commence à entrevoir l'affreuse vérité. Le scélérat qui a trahi son ami se nommait…

– …Guillaume de Plancoët, l'auteur de tes jours. Et celui que j'aimais de toute mon âme, Robert de Mériadec.

Le druide se tourna vers l'évêque devenu blanc comme linge.

– Lorsque ton père agonisant t'a révélé la vérité, tu as voulu tuer celui de Côme, mais, las, il était mort depuis des années. Alors, ne pouvant plus assouvir ta vengeance sur lui, tu l'as reportée sur le fils et ourdi vil complot à son encontre. Décidément, au cours de tes dernières vies, tu n'as rien appris !

L'évêque laissa éclater son ire :

– Mensonges et vilenies ! Je n'entends que les divagations d'un vieillard hérétique, devenu fou à force de se livrer à des pratiques de sorcellerie et autres maléfices. En témoignent ces pourceaux sauvages qui t'obéissent comme les chiens qui gardent la porte des enfers ! Il y a là suffisantes preuves de commerce diabolique pour t'envoyer tout droit au bûcher !

Cathbad eut un rire amer :

– Cela, tu l'as déjà fait il y a plus de deux siècles et l'histoire ne se répétera pas.

– Quelles sornettes allez-vous encore inventer, vieil enragé ?

– J'ai, hélas, bien connu ton âme dévoyée au cours d'une vie antérieure. C'était en Espagne, à la fin du XVe siècle, sous le règne d'Isabelle la Catholique et le pontificat de Sixte IV. À cette époque, la Sainte Inquisition détenait considérables pouvoirs, arrêtant, torturant et brûlant tous ceux qui étaient peu ou prou soupçonnés d'hérésie. Les juifs furent particulièrement visés par ces procès infâmes et des milliers d'entre eux périrent dans les flammes. J'étais l'un d'eux. Par prudence, comme beaucoup, j'avais feint de renier ma religion, mais un soir où je célébrais discrètement le shabbat, je fus dénoncé par un voisin qui convoitait mon bien. Je fus torturé deux jours et deux nuits par un homme qui n'était autre que le bras droit du redoutable et sinistre Torquemada. Comme son chef, le grand inquisiteur, c'était un dominicain fanatique qui avait trahi tous les enseignements d'amour et de tolérance du Christ. Cet homme n'est autre que Léandre de Mériadec.

Ce dernier se mit à éructer :

– Doux Jésus, vous êtes encore plus fou que je ne l'avais imaginé !

Le druide répondit sèchement :

– Cela t'arrangerait bien de l'accroire, mais il se trouve que j'ai la preuve de ce que je viens d'avancer.

À son tour, Côme intervint :

– Une preuve ? Comment est-ce possible ?

Cathbad se tourna vers lui :

– Il arrive que certains êtres conservent sur leur corps une marque qui les suit de vie en vie. L'homme qui, à l'aide de ses sbires, m'a tourmenté sans relâche, en portait une sur l'avant-bras gauche. Une tâche de vin en forme de 6.

En deux enjambées, le druide fut sur l'évêque et retroussa sa manche, dévoilant la marque qu'il venait de décrire.

Afin de masquer son trouble, le prélat ironisa :

– Encore un de vos tours de mage noir ! Mais finissons-en. Puisque je suis à votre merci, pourquoi ne point m'occire ainsi que les gardes qui m'accompagnent ?

– Parce que, contrairement à toi et ceux de ton espèce, je respecte et vénère la vie sous toutes ses formes. Toi et tes hommes êtes libres de repartir, sans vos armes ni vos montures bien sûr.

Soulagé, mais ne voulant à aucun prix le montrer, Léandre de Mériadec lui lança un dernier trait :

– Belle mansuétude en vérité ! Durant six jours de marche, au moins, nous serons ainsi livrés à un froid de gueux et à la voracité des leus. Ce serait miracle que nous en réchappions.

– Ne parle point de miracle, car ces choses sacrées dépassent ton entendement. Ton sort dépend uniquement de toi. Si tu réussis à libérer ton esprit de la haine que tu voues à Côme et qui empoisonne ton âme, il ne t'arrivera rien. Mais si tu persistes dans tes noirs desseins, tu vas créer des égrégores qui se retourneront contre toi et tes hommes de main. Adieu.

Ayant dit, Cathbad frappa trois fois dans ses mains et aussitôt, les sangliers s'en furent comme ils étaient venus. Livides, incapables de la moindre parole, les trois gardes se relevèrent et rejoignirent les chevaux afin de charger les affaires sur leur propre dos.

Encore sous le coup des révélations, Côme brûlait de dire quelques mots à son implacable ennemi. Mais ce dernier avait déjà emboîté le pas de ses hommes, en marche vers son destin incertain.

Aussitôt la troupe avalée par les bosquets, le druide déclara à Côme :

– Et maintenant, il me faut d'urgence soigner ton compagnon, car ses instants sont comptés.

Quelques heures plus tard, tous quatre formaient cercle autour d'une belle flambée qui crépitait vers la voûte étoilée. Ils partageaient le peu qu'il restait des provisions d'Anne et en dégustèrent avec reconnaissance chaque bouchée. Bien que très affaibli, Atlas était conscient et, en signe de reconnaissance, il aurait voulu leur déclamer l'une des fameuses légendes celtes qu'il aimait tant conter par le passé. Depuis un moment, Cathbad ne le quittait pas des yeux.

– Tu as eu si froid que, si tu le pouvais, tu nous narrerais la belle histoire de *L'Homme de glace*, n'est-ce pas ?

Le regard du géant s'illumina à ces mots car c'était précisément celle à laquelle il pensait. Il hocha la tête en signe d'assentiment.

– Ah ça, vous connaissez donc aussi ce malheureux ? s'étonna Anne.

– Non point, mais je sais qu'il fut l'un des plus fameux conteurs d'Armorique avant qu'on ne lui tranche la langue. Cette légende est sa préférée, car Daïg, son héros, lui ressemble : intrépide et généreux.

Ce entendant, l'intéressé reprit couleur en rougissant et, d'un geste maladroit, indiqua qu'il ne méritait point cette flatteuse comparaison.

À son tour, Côme intervint :

– De ta part, rien ne me surprend plus. Il est vrai qu'Atlas correspond en tous points à ces vertus et, comme toi, il m'a sauvé la vie au péril de la sienne.

Cathbad se leva et contempla un long moment les étoiles comme pour y percer secret oracle.

– Et ce faisant, il a réglé une ancienne dette qu'il avait contractée à ton égard.

Les yeux de Côme étincelèrent de curiosité.

– Ainsi tu possèdes l'extraordinaire faculté de lire les vies antérieures. Pourrais-tu ce soir nous apprendre qui nous fûmes ? Je donnerais cher pour le savoir !

Le druide le considéra avec gravité :

– Cela peut être fort néfaste pour celui qui n'a pas atteint un certain degré d'évolution, voire même, faire vaciller sa raison. En ce domaine, la lampe doit être maintenue sous le boisseau. Je puis nonobstant te dire qu'il y a bien longtemps, toi aussi possédais la clairvoyance. Et puis, tu es tombé dans le redoutable piège du pouvoir et en as fait fort mauvais usage. Ainsi, tel Icare dans sa chute, tu as perdu en une seule existence ce que tu avais mis tant de vies à accumuler. Mais aujourd'hui, si tu persistes dans la voie que je t'ai désignée, tu retrouveras le chemin de ton âme et celui de ta véritable liberté.

Cathbad s'approcha alors du géant :

– Tes jours ne sont plus en danger. Las, tu conserveras toute ta vie handicapante claudication et ne pourras suivre ton protégé dans l'accomplissement de sa destinée. Mais si tu le souhaites, je t'offre de rester avec moi et de suivre le parcours initiatique que j'ai accompli.

À ces mots, les yeux d'Atlas s'embuèrent. Au fond de sa chair, il ressentit que le druide disait le vrai, et qu'à l'instar de sa parole tranchée net, la faculté de se mouvoir à sa guise lui était dorénavant refusée. Il comprenait aussi que ce personnage, aussi étrange que fascinant, venait de lui faire un présent inestimable. Le cœur serré, il regarda son compagnon comme un frère qui allait partir pour un long voyage sans retour.

Partageant la même émotion, Côme se rapprocha de lui et l'étreignit. Les laissant seuls à leurs adieux, Cathbad prit la main d'Anne et l'entraîna à l'écart.

– Suivez-moi, j'ai à vous parler. Cette nuit, votre père va passer doucement pendant son sommeil et c'est la plus belle mort que l'on puisse souhaiter à ceux que l'on aime. Dès qu'il sera assoupi, je lui enverrai un message sous forme de songe et il partira l'âme en paix. Sa chère femme, feu votre mère, l'accueillera et l'aidera à franchir les seuils, les uns après les autres. Bouleversée, Anne s'écria :

– Non, non ! Il me faut partir sur l'instant le retrouver afin d'être auprès de lui en ces ultimes instants.

Le druide la retint en la serrant dans ses bras.

– Il est déjà trop tard pour cela et vos larmes le retiendraient inutilement ici-bas. Souvenez-vous de la parabole : « Laissez les morts s'occuper des morts et vous, les vivants, occupez-vous des vivants ! »

Anne fut fortement ébranlée par cette dernière phrase, mais Cathbad ressentit l'ampleur de son déchirement.

Alors, il brisa la branche souple d'un saule et arracha une tige de lierre dont il ôta les feuilles. Puis il ramassa une branche fine dont il biseauta la pointe. Bandant l'instrument de fortune, il se tourna vers la jeune femme :

– L'arc est le parent et la flèche, l'enfant. Si la flèche reste arrimée à la corde, elle ne peut prendre son envol et pourtant, tel est son destin. Votre père a achevé son cycle de vie, alors que le vôtre ne fait que commencer. Il me faut maintenant partir. La décision n'appartient qu'à vous seule. Adieu.

Cela faisait sept jours que le fier vaisseau *La Sainte Claire* était bloqué dans la rade du port de La Rochelle, faute de vent. Le capitaine et son pilotin se désespéraient de mettre à la voile et cingler enfin vers la Nouvelle-France. Outre l'équipage composé de toutes sortes de gens de mer, il devait embarquer bon nombre de passagers, des nouveaux colons de cette province qui les faisait tant rêver, en dépit des risques avérés de la longue traversée de l'Atlantique océan.

Ces candidats à l'immigration venaient de tous horizons : administrateurs, pêcheurs, marchands, artisans, apothicaires, barbiers, religieux, soldats et même filles à marier. Sur le port, la foule n'en était pas moins bigarrée et les tavernes bondées par les passagers des différents navires que l'absence de brise retenaient à terre. Tandis que capitaines et armateurs désespéraient chaque jour du retard pris, les aubergistes, eux, se frottaient les mains.

Discrètement installé à l'écart du tumulte ambiant, un couple se tenait la main. Des marchands sans nul doute, comme en attestait la tournure de leurs vêtements. En attendant le plat de moules de bouchot aux oignons jaunes qu'ils avaient commandé, ils dégustaient un petit vin blanc frais du pays nantais. Observant le ciel gris et morne où les mouettes planaient en attendant le retour de pêche, la jeune femme déclara :

– Le vent ne se lève désespérément pas. Croyez-vous qu'il nous faille attendre longtemps encore avant que de pouvoir embarquer ?

L'homme qui lui faisait face la regarda gravement.

– Peut-être est-ce là un signe qu'il nous faut tous deux lire ? La dernière chance pour vous de changer d'avis et regagner la sécurité de vos terres.

Au moment où elle allait formuler sa réponse, la tenancière des lieux posa deux écuelles fumantes et odorantes devant eux.

– Et voilà les tourtereaux ! Ben l'pardon pour le retard, mais c'est qu'y a grande affluence et qu'la cuisine a du mal à fournir ! Régalez-vous, c'est spécialité d'notre beau pays !

La matrone n'avait pas fait trois pas pour s'en retourner qu'un grand coup de vent releva ses jupes, renversa coupes et bancs, provoquant grand désordre parmi l'assistance. D'abord surpris par ce subit assaut, les clients prirent le parti d'en rire et saluèrent à cris d'allégresse le retour de l'élément tant attendu. Les bonnes gens dansaient, s'embrassaient, tandis que certains en profitaient pour engloutir l'assiette des autres ou partir sans payer leur écot.

Du pont de chaque navire, des coups de sifflet retentissaient, appelant les passagers à regagner au plus vite le bord.

Sourire radieux aux lèvres, Anne regarda alors Côme :

– Ce signe tant attendu, le voici ! Et je suis sûre que notre cher Cathbad a levé ce vent pour nous permettre de mettre les voiles. Vous et moi avons tout perdu. Mais qu'importe, j'ai décidé de vous suivre où que vous alliez, quoi qu'il advînt de nous.

Création graphique et réalisation
Anne-Marie Bourgeois / m87design

Achevé d'imprimer
sur Roto-Page
par l'Imprimerie Floch
à Mayenne,
en février 2020.

Dépôt légal
mars 2020.
Numéro d'imprimeur
95918

Imprimé en France